好故事
培育高情商

陈初友 编著

SPM
南方出版传媒
广东经济出版社
·广州·

图书在版编目（CIP）数据

好故事培育高情商 / 陈初友编著 . —广州：广东经济出版社，2021.9
ISBN 978-7-5454-7916-4

Ⅰ. ①好… Ⅱ. ①陈… Ⅲ. ①儿童故事—作品集—世界 Ⅳ. ① I18

中国版本图书馆 CIP 数据核字（2021）第 166752 号

策　　划：王春蕊
责任编辑：黄　昱　王春蕊　郭姝均　颜明辉
责任技编：陆俊帆
插画设计：烤肠 CG 美术设计工作室
封面设计：朱晓艳

好故事培育高情商
HAO GUSHI PEIYU GAO QINGSHANG

出版人	李　鹏
出　版 发　行	广东经济出版社（广州市环市东路水荫路 11 号 11 ~ 12 楼）
经　销	全国新华书店
印　刷	广州市樱华印务有限公司 （广州市番禺区钟村街诜敦村大围开发区）
开　本	880 毫米 ×1194 毫米　1/32
印　张	11
字　数	186 千字
版　次	2021 年 9 月第 1 版
印　次	2021 年 9 月第 1 次
书　号	ISBN 978-7-5454-7916-4
定　价	49.00 元

图书营销中心地址：广州市环市东路水荫路 11 号 11 楼
电话：（020）87393830　邮政编码：510075
如发现印装质量问题，影响阅读，请与本社联系
广东经济出版社常年法律顾问：胡志海律师

每一个故事里都蕴含着宝贵的营养液，

坚持把它“喂”给孩子，

有一天你将发现孩子会变得特别强大！

序

初友是我带过的一个学生，毕业后没多久便中断了联系。去年在查收邮件时，才发现初友写给我的邮件。邮件写得恳切，告知我这么多年来他的努力，并让自己由十多年前的媒体人变成了现在的专业幼教人。

去年我到广州开会，便联系了初友，约定相见喝早茶并到他创办的心子教育培训机构参观。一早初友开车来接，看到初友本人，当年在北京大学深圳研究生院上课，他参加论文答辩前我对他作指导等场景还历历在目。

由于会议上的耽搁，到达他的培训机构时，时间已经很赶了。看着设计美观、窗明几净、各种教具一应俱全的一间间教室，想到老师柔声细语对着天真可爱的学生上课的情景，顿时心生美好。随着社会的发展，成年人很多思维定式需要改变，儿童教育也需要更多的新理念与新方法，只有这样才能更好地让孩子们成为国家合格的接班人。

初友告诉我们，他们机构开设了面向3～12岁儿童的多元智能开发、情商培育、专注力和思维力训练等素质教育类课程，还有针对0～3岁婴幼儿的托育服务，这些都是目前我们国家大力倡导和扶持的教育领域。参观完他们的校区，听他介绍了他的教育理念后，我本还有很多问题想问他，但他记着我回北京的航班时间，提醒我说时间来不及了。我们马上去餐厅吃饭，客随主便，便一起去了在同一大楼里的餐厅。没想到的是，他的夫人何鑫淼带着三个孩子已在餐厅等我们，两个女儿美丽可爱，儿子机灵聪明。三个孩子性格不一：大姐最为文静，一直默默照顾着弟弟妹妹；二姐鬼灵精怪；小弟则不动声色地“反抗”着两个姐姐的管束。

初见面时，初友就介绍说他和鑫淼是中国人民大学的同学，俩人在事业上砥砺同行。这次见面，初友详细地讲述了，他与夫人从相恋到现在二十五年来携手成长的故事，我想他俩应该是很多人心目中的“模范佳偶”吧。初友刚进入教育领域遇到困难，鑫淼毫不犹豫、倾其所有支持他。看着今天事业初成的伉俪，我坚信，无论今后如何，他们都会相濡以沫、携手并进、共行幸福人生路。

今天收到了鑫淼的微信，她告知我，新冠肺炎疫情对教育培训机构影响很大，初友也是不断做出积极调整：以身作则，带领团队潜下心来认真学习、提升团队专业能力；同时不忘服务家长，认真做直播课，指导家长提升家庭教育品质。不仅如此，他还完成了本书的主编。这让我再次感受到初友开拓创新、锐意进取的人生态度。当他们提出想让我为本书写序，我很干脆就答应了。答应写序的理由，不仅仅是初友夫妇的坚守、勇气、勤奋、努力，更重要的是他们善良、宽厚的生命底色。初友的儿童教育理念是身体力行，在教育理念与思想上我们高度一致，从小就对孩子们进行情感和生命教育，给孩子们插上想象的翅膀，在成长过程中注重提升自我的认知能力，获得及时调整，自我适应变化的潜力，这些都将成为孩子未来应对一切挑战的内在动力。

法国哲学家爱尔维修认为人的差异，完全是

由他们接受的教育的差异造成的，英国哲学家罗素在其基础上更是指出："人生而无知，但不愚蠢，教育使人愚蠢。"身处快速发展的社会，我们越来越感觉到，时代不断挑战着每个人的思维与认知方式，时代的发展需要人们全身心去感知并探索自我与周遭事物的关系。事实性的固定不变的知识并不是教育的全部内容，知识学习中应更多地注重爱、勇气、行动以及改变的教育。这是初友与他们的团队努力的方向，也是我们共同的成长目标。

师曾志

北京大学公共传播与社会发展研究中心主任

2020 年 4 月 8 日于北京

做一个会讲故事的家长

看绘本、讲故事、玩亲子游戏，是亲子陪伴的“三大法宝”。一个愿意静下心来陪孩子看绘本的家长，用心为孩子讲故事的家长，舍得花时间和孩子一起玩游戏的家长，一定是位好家长，是位受孩子喜爱的家长。

很多家长平时都忙于工作、打拼事业，能花在孩子身上的时间和精力非常有限。2020 年这个特别的春天，让我和很多家长一样，不得不“赋闲”在家，意外地得到了几个月和孩子们朝夕相处的时间。以前只需一早把孩子们送去学校，下午接他们放学，晚饭后陪孩子们玩一会儿，睡前再陪孩子们读一两本绘本、哄孩子们睡觉就可以了。现在整天和孩子们待在一块，这不得不让我思考如何让这么充足的亲子时间过得更充实、更有意义。

当女儿结束网课、离开电脑的时候，当不满四岁的儿子说“家里的玩具玩腻了，绘本都看过好多遍”的时候，我会微笑着说：“来，爸爸给你们讲个故事吧！”孩子们就饶有兴致地围坐在我跟前，听我娓娓道来一个又一个简短而又充满智慧的小故事。为了带给孩子们最精彩且最蕴含积极教育意义的故事，我搜集、查阅了各种类型的故事，精选其中一百余篇围绕情商培养主题的故事，汇编成此书，除了希望日后孩子们有兴趣时可以自己翻阅、品读之外，更希望把它分享给成千上万的家长们，让每一个家长都变成会讲故事的父母，在陪伴孩子的时候能够“信手拈来”一个好故事，与孩子共度美好的亲子时光。

看绘本可以增长孩子的见识，培养孩子的阅读习惯；亲子游戏可以发展孩子的运动智能，增进家长和孩子之间的亲子感情；而讲故事则是通过语言的形式，把为人处世的智慧传授给孩子。儿童因为大脑前额叶皮层发育尚未完善，理性思维还未完全发展，我们在教育孩子过程中“讲道理”的方式是不太管用的。讲故事就是把我们希望传授给孩子的各种道理、智慧，借助小动物或他人的身份，通过一段生活化的经历，描述给孩子听，充分调动孩子的感性思维，让智慧借助故事这个载体进入到孩子的大脑和心灵，潜移默化地影响孩子，从而最终形成孩子自己的人格特质。

试想一下吧！我们希望孩子管控好自己的情绪，是一而再地唠叨“你要管理好自己的情绪，不要乱发脾气”管用，还是时不时为他讲《沙漠里的骆驼》《台球“冠军”与苍蝇》这样的故事更有效呢？我们希望孩子坚毅抗挫，是不停地忠告“你要坚强、不要那么轻易放弃”管用，还是为他讲述《1885 次拒绝》《忘记过去，重新开始》的故事更能勉励到孩子呢？本书里的 100 多个故事，有讲自我认知、情绪控制的，有建立乐观自信人生态度的，有应对困难挫折的智慧的……它就像一个小小的宝库，存放着特别珍贵的精神营养液，只要你坚持把它“喂”给孩子，有一天你终会发现，孩子身体成长的同时，他的心理也会变得越来越健康、强大。

做一个会讲故事的家长吧！让你陪伴孩子的时光多一份智慧的光芒，它必将照亮、指引孩子人生前进的方向！

陈初友

2020 年 4 月于广州

父母必修课：

认识情商

• 什么是情商？

1995 年 10 月，哈佛大学心理学博士、美国《纽约时报》专栏作家丹尼尔·戈尔曼出版了《情商》一书，情商的概念迅速被大众所认知并广泛接受。

随着社会的发展，越来越多的人开始认识到，在激烈的现代竞争中，情商的高低已经成为人生成败的关键。丹尼尔·戈尔曼说：“成功是一个自我实现的过程，如果你控制了情绪，便控制了人生；认识了自我，就成功了一半。”后来的相关研究更是明确提出：“人生成功与否 20% 取决于智商，80% 取决于情商。”在西方也有一句名言很形象地说明了情商的重要性：“智商决定录用，而情商则决定晋升。”

什么是情商呢？简言之，情商就是情绪管理的智慧，它包括情绪、情感、意志、耐受挫折等方面的管控能力。丹尼尔·戈尔曼指出：智商主要依赖于遗传，而情商不同于智商，它并非天生注定，而是可以通过后天培养和学习获得。它由以下五种能力组成：

1 了解自己情绪的能力

能够及时察觉自己的情绪，观察和审视自己的内心世界。

2 控制自己情绪的能力

能够安抚自己，摆脱焦虑、忧郁以及控制负面情绪的宣泄。

3 激励自己的能力

能够调整情绪，让自己朝着一定的目标努力，增强注意力与创造力。

4 了解别人情绪的能力

理解别人的感受，察觉别人真正的需要，具有同情心。

5 维系融洽人际关系的能力

能够理解并适应他人的情绪。

心理学家认为，这些对情绪的把握能力是生活的动力，可以让我们的智商发挥出更大效应。所以，情商是影响个人心理健康、情感、人际关系乃至人生成功与幸福的关键因素。

● 情商与智商

和身体发展所不同的是，智商、情商是看不见但却感受得到的特别重要的指标。智商和情商就好比生长在人的身体上的一对隐形翅膀，它们决定着人在生命空间里能飞多高、飞多远。

智商，即智力商数，是个人智力测验成绩和同年龄被试者成绩相比的指数，是衡量个人智力高低的标准。智商概念是由美国斯坦福大学心理学家推孟教授提出的。智商主要反映人的认知能力、注意力、思维能力、语言能力、观察能力、计算能力等。也就是说，它主要表现人的理性能力。情商主要反映一个人感受、理解、运用、表达、控制和调节自己情感的能力，以及处理自己与他人之间的情感关系的能力。它主要表现人的感性能力。

智商的作用主要在于更好地认识事物。智商高的人，思维品质优良，学习能力强，认识程度深，容易在某个专业领域做出杰出成就，成为某个领域的专家。调查表明，许多高智商的人成为专家、学者、教授、法官、律师、记者等，在自己的专业领域有较高造诣。情商主要与非理性因素有关，它影响着认识和实践活动的能力，通过影响人的兴趣、意志、毅力，加强或弱化认识事物的驱动力。智商不高而情商较高的人，学习效率虽然不如高智商者，但是，有时能比高智商者学得更好，成就更大。因为锲而不舍的精神使之勤能补拙。另外，情商是自我和他人情感把握和调节的一种能力，因此，对人际关系的处理有较大影响。其作用与社会生活、人际关系、健康状况、婚姻状况有密切关联。情商低的人人际关系紧张，婚姻容易破裂，领导水平不高。而情商较高的人，通常有较健康的情绪，有较完满的婚姻和家庭，有良好的人际关系，容易成为某个部门的领导人，具有较高的领导管理能力。

为人父母最理想的目标是让孩子智商、情商都获得良好发展。智力除了遗传外，0 ~ 9 岁期间仍有一定的提升空间。比较形象地说，好比盖房子，遗传部分的智力就相当于房屋的框架结构已完成，而 0 ~ 9 岁阶段的培养则是对房子进行装修、装饰，让它能达到可以舒适居住的状态，所以后天培养的这部分不可忽视。情商更主要的是依赖后天的培养，3 ~ 13 岁是情商培育的黄金期和关键期，每一位家长都应该重视这个阶段，培养好孩子的习惯、性格和情商。

● 情商发展的四个层次

情商是情绪管理的智慧，是人在面对不同处境、接触不同人或关系时管理情绪的一种能力。它包括独处时的情绪自控能力、和人交往时的情绪管理能力、身处团队中的情绪调控能力，以及在困境中担当领导并进行沟通协调责任时的情绪影响能力。

1 情绪自控能力

无论是面对突如其来的惊喜，还是身陷困境或挫折，都懂得正确表达自己的情绪，喜不失态、悲不失控，这就是情绪自控能力。对于孩子来说，要从小培养其认识各种不同的情绪、学会以恰当的方式来排解不良情绪，而不是任由不良情绪宣泄，让自己尽快回到平和、稳定的正常情绪状态中来，这既是精神发育健康的表现，也是情商发展的基础。

2 人际交往中的情绪管理能力

在和他人交往的过程中，能管理好自己的情绪、不因自己的喜怒无常带给交往对象心理上的压力，是一个人基本的素质，也是获得良好人际关系的基础。同时，面对交往对象的各种情绪，能够及时觉察和接纳，了解同伴产生情绪的原因，帮助同伴走出不良情绪，而不是受其影响、让自己闷闷不乐老半天，这也是情绪管理能力的体现。

3 团队协作时的情绪调控能力

随着年龄的增长，孩子必须要从家庭走向学校、走向社会，从备受呵护的婴幼儿成长为精神独立的社会个体。在这个过程中，孩子需要去参与并适应不同类型的团队，在团队活动中担任合适的角色并协同他人完成一定的任务，自然也就需要去面对各种挑战。在团队角色的适应和迎接挑战面前，我们的情绪会随着团队伙伴的表现差异和团队任务的变化而起伏，在此过程中我们需要积极调控自己的情绪，让自己始终能在团队中发挥正面作用，成为团队合格甚至优秀的一员。具备如此素质的孩子，将来无论走到哪里，都会拥有良好的适应能力，在团队中快速找准自己的位置，受到团队的欢迎。

4 领导沟通协调时的情绪影响能力

这是情商的最高境界。根据丹尼尔·戈尔曼对诸多世界五百强企业高层领导的能力素质调研，他认为优秀的领导者不一定有高智商，但一定有高情商。这里所说的情商就是指领导者在沟通协调各种关系时表现出来的情绪影响能力。在困难面前，领导者能用自己乐观的情绪去影响团队，让他们走出迷茫、齐心协力面对挑战；在挫折面前，领导者能用自己的坚毅自信去影响团队，让他们重拾信心、东山再起；在纷扰复杂的员工关系面前，领导者能用自己的谦和与睿智去化解矛盾、引领大家走向团结互信……这就是情商的最高境界，能用自己正面的情绪去影响身边的每一个人，让每一个人受到感染，心无旁骛地奔着相同的目标全力以赴。

从自我的情绪控制能力，到人际交往中的情绪管理能力，再到团队协作中的情绪调控能力，最后到领导沟通协调时的情绪影响能力，这是情商由低到高、循序渐进发展的四个层级。只有情绪自控的人，才能获得良好的人际关系；只有在人际交往中能管理好自己情绪的人，才会获得更多加入不同团队的机会；只有在团队协作中能调控好自己情绪的人，才能受到团队成员的认可甚至拥戴，从而有机会成为团队精英甚至领导者；只有具备良好的情绪影响能力的领导者，才能处理好团队中的各种关系与矛盾，带领团队齐心合力向着目标前进，自己也才有机会成长为优秀甚至卓越的领导者。

因此，要想孩子拥有美好的未来和幸福的人生，家长对孩子的情商培育应该从孩子的情绪自控能力培养开始，而讲故事，则是每个家长都容易学会和运用的，能让孩子提升情绪自控能力，甚至获得更高情商的行之有效的方式。

• 儿童情商雷区警示

在日常生活中，我们可以观察孩子的行为表现来判断其情商发展水平。总体来说，如果孩子常有以下表现，说明孩子的情商处在较低水平，需要家长有意识地去引导和培养：

1 经常抱怨

抱怨家长照顾得不周、代劳得不够彻底；抱怨其他小伙伴不让着自己；等等。

2 总是发脾气

有些孩子一言不合就习惯性摔东西、咒骂他人乃至攻击他人，稍有不满意就闹情绪、发脾气等。

3 自私小气

当孩子表现出的行为较为自私，比如说不与他人分享自己的东西（2岁左右尚在“物权敏感期”的孩子除外），动辄抢别人的东西，损害他人利益来满足自己，这就是自私自利的表现。究其原因，大都是和家庭因素有关，家长过度的溺爱，在家中处处依着孩子，孩子事事享有优先权。这样孩子就会习惯被宠着、让着，自然不愿意迁就他人、顾及别人的感受，也就无法和小伙伴和平相处。

4 过度依赖父母

做任何事情都会问父母，没有独立性，做事缩手缩脚。

5 在外怕生人，在家却常对父母发怒

有些孩子在外面受欺负不敢吭声，回到家后却对父母发脾气，像个小皇帝一样。这类孩子若不积极调整，将来势必很难适应社会生活。

6 听不得批评

有些孩子是只能听好话，喜欢听别人夸奖他，听不得别人说他一点难听的话，若是别人不顺他的意，就闹别扭甚至大哭大闹，这就是情商低的表现。这种孩子不能正视自己的缺点，不能明辨是非。

7 喜欢反驳别人，以彰显自己的个性

这样的孩子，喜欢插话和打断别人说话，然后就自己在那里说话。别人说一，他偏要说二，喜欢用反驳的方式来显示自己的见解独特。

8 不尊重他人

这类孩子通常会以“你真笨”“白痴”等这些损人的话为口头禅，不顾及他人的感受。这样的孩子通常人际关系很差。

9 “顺毛驴”的孩子

“顺毛驴”的孩子，好好说怎么做都行，逆着他，就怎么都不行，这其实也是情商低的一种表现。

10 爱戏弄别的小朋友，或戳他人痛处

通过贬低他人抬高自己，似乎获得了些许心理优势，其实是心量狭窄、情商低的表现。

孩子的情商主要依赖后天的培养。无论其当前表现如何，家长都应该饱含爱心和耐心，积极借助各种有效的方式，帮助孩子培养高情商。爱和相信一定会创造奇迹！

back to school
123
ABC
A+

目录
CONTENTS

01 第一辑
认识自我　做情绪的主人

69 第三辑 播种梦想 让生命之花美丽绽放

165 第七辑
与人为善　把美好带给身边的人

第一辑

认识自我

做情绪的主人

最好的玉米

农夫在他的屋子后面种了一大片玉米。经过几个月的辛苦，眼看收获的季节就要到来。

一个颗粒饱满、裹着几层绿外衣的玉米说道："到了收获的那一天，主人肯定会摘我，因为我是今年长得最好的玉米。"周围的玉米听了，也都随声附和地称赞着。

收获的日子到了，但是农夫只看了看那个最好的玉米，并没将它摘走。"他眼力可能不太好，没注意到我。明天，明天，他一定会把我摘走的！"那个长得最好的玉米自我安慰着。

第二天，农夫又哼着快乐的歌儿收走了其他的玉米，唯独没摘这个最好的玉米。"明天农夫一定会把我摘走的！"最好的玉米仍然自我安慰着。

第三天、第四天，农夫没有来。从这以后的好多天，农夫也没有来过，最好的玉米被摘走的希望越来越渺茫了。

直到一个漆黑的雨夜，最好的玉米才突然感觉到：

“我总以为自己是今年最好的玉米，但现在农夫不要我了。白天，我顶着烈日，原来饱满而又排列整齐的颗粒变得干瘪坚硬，整个身体像要炸裂般。夜晚，我又要和风雨做斗争。也许他真的不需要我，也许我不是最好的……”

不知不觉，一缕柔和的阳光照在玉米的脸上，它抬起头来，睁开眼睛，一下就看到了站在自己面前的农夫。

农夫用柔和的目光望着它，自言自语道：“这可是今年最好的玉米，用它做种子明年一定会有更好的收成！”

现在，最好的玉米才明白农夫为什么不摘走它。正当它想着的时候，已经被农夫轻轻地摘了下来……

谁最伟大

一只小老鼠从自己的房子里爬出来，看到高悬在空中、放射着万丈光芒的太阳。他禁不住对太阳说：“太阳公公，你真是太伟大了！”

太阳摇摇头说：“待会儿乌云姐姐出来，把我遮住，你就看不见我了。”果然，不一会儿，乌云出来了，遮住了太阳，天色也暗了下来。

小老鼠又对乌云说：“乌云姐姐，你真是太伟大了！连太阳都被你遮住了光芒。”乌云却说：“风姑娘一来，你就知道谁更伟大了！”

一阵狂风吹过，云消雾散，一片晴空。小老鼠情不自禁地说：“风姑娘，你一来，就把乌云姐姐吹散了，把太阳公公解救出来了，你是世界上最伟大的！”风姑娘不好意思地说：“你看前面那堵墙我都吹不过去啊！”

于是，小老鼠又爬到墙边，十分景仰地说：“墙大哥，你是世界上最伟大的！”墙皱着眉头，悲伤地说：“我哪里是啊？你自己才是最伟大的呀！你看，我马上就要倒掉了，就是因为你和你的小伙伴在我下面钻了好多的洞！”

果真，墙摇摇欲坠，墙角下跑出一只只小老鼠。见到这个情景，小老鼠点了点头，一副若有所思的样子。

靠自己

小蜗牛问妈妈："为什么我们从生下来，就要背负着这个又硬又重的壳呢？"

妈妈回答说："因为我们的身体没有骨头支撑，只能爬，又爬不快，所以需要这个硬壳的保护啊！"

小蜗牛又问："毛毛虫姐姐没有骨头，也爬不快，为什么她不用背这个又硬又重的壳呢？"

妈妈和蔼地回答："因为毛毛虫姐姐能变成蝴蝶，天空会保护她啊。"

小蜗牛又想了想，问道："可是蚯蚓弟弟也没有骨头，也爬不快，也不会变成蝴蝶，他为什么也不用背这个又硬又重的壳呢？"

妈妈告诉小蜗牛："因为蚯蚓弟弟会钻土，大地会保护他啊。"

小蜗牛哭了起来："我们好可怜，天空不保护我们，大地也不保护我们。"

蜗牛妈妈笑了笑，安慰他："所以我们有壳啊！我们不靠天，也不靠地，我们靠自己。"

给自己树一面旗帜

罗杰·罗尔斯是美国纽约州历史上的第一位黑人州长，他出生在纽约声名狼藉的大沙头贫民窟。那里环境肮脏，充满暴力，是偷渡者和流浪汉的聚集地。在这儿出生的孩子耳濡目染，他们之中很多人从小就逃学、打架、偷窃，甚至吸毒，长大后很少有人能从事体面的职业。然而，罗尔斯是个例外，他不仅考入了大学，而且还成了州长。在就职记者招待会上，一位记者对他提问："是什么把你推向州长位置的？"面

对三百多名记者，罗尔斯对自己的奋斗史只字未提，只谈到了他上小学时期的校长——保罗。

1961 年，保罗被聘为诺必塔小学的董事兼校长。当他走进诺必塔小学的时候，发现这儿的穷孩子简直就是“迷惘的一代”。他们不与老师合作，随意旷课、斗殴，甚至砸烂教室的黑板。保罗想了很多办法来引导他们，可是收效甚微。后来他发现这些孩子都很迷信，于是他上课的时候就多了一项内容——给学生看手相。他用这个办法来鼓励学生。

罗尔斯从窗台上跳下，伸着小手走向讲台时，保罗说：“我看你修长的小拇指就知道，将来你一定是纽约州的州长。”当时，罗尔斯大吃一惊，因为长这么大，只有他奶奶让他振奋过一次，说他可以成为五吨重的小船船长。这一次，保罗先生竟说他可以成为纽约州的州长，着实出乎他的意料。他记下了这句话，并且相信了它。

从那天起，“纽约州州长”就像一面旗帜飘扬在罗尔斯的心中。他的衣服不再沾满泥土，说话时也不再夹杂污言秽语。他开始挺直腰杆走路，在之后的四十多年间，他没有一天不按州长的身份要求自己。51 岁那年，他终于成了纽约州的州长。

价 值

在一次讨论会上，一位著名的演说家没讲一句开场白，手里却高举着一张 20 美元的钞票。面对会议室里的 200 多位听众，他高声问："谁想要这 20 美元？"

一只只手举了起来。

演说家接着说："我打算把这 20 美元送给你们当中的一位，但在这之前，请允许我做一件事。"说着他将钞票揉成一团，然后问："谁还要这张钞票？"

陆续有人举起手来。

演说家又说："那么，假如我这样做呢？"他把钞票扔到地上，踩上一脚又一脚，用力碾它。之后他拾起钞票。钞票已经变得又脏又皱。"现在谁还要这张钞票？"

还是有人举起手来。

"朋友们，你们已经上了一堂很有意义的课。无论我如何对待这张钞票，无论它变得多么旧、多么脏，你们还是想要它，因为它并没有贬值，它依旧值 20 美元。人生的道路上，我们可能会无数次被自己遇到的逆境击倒、欺凌，甚至碾得伤痕累累。那时我们可能会觉得自己似乎一文不值。但无论发生什么，或将要发生什么，请记住，在上帝的眼中，你们永远不会丧失价值。”

生命的价值不依赖于我们的财富和地位，也不仰仗于我们结交的人物，而是取决于我们本身！我们每个人都是独特的、都有自身的价值——永远也不要忘记这一点！

鸡窝里长大的鹰

一只小鹰在鹰妈妈外出觅食时不慎从窝里掉了下来，刚巧被鸡妈妈看到，便捡回去和一群小鸡放在一起喂养。

随着时光流逝，小鹰一天天长大了，虽然个头明显比身边的小鸡大得多，可他习惯了鸡的生活，并且小鸡们也总把它看成是自己的同类。小鹰也认为自己与小鸡一样，天天出外刨土寻食，从来没试想过要飞向高空。

一天，小鹰出外觅食时，忽然遇到了鹰妈妈。

鹰妈妈见到长大的小鹰非常惊喜，对他说："小鹰，你怎么在这里？快随我一起飞向高空吧！"

小鹰怯怯地说："我不是小鹰。我是小鸡呀，我可不会飞，天那么高，怎么飞得上去呀？"

鹰妈妈有些生气，但她还是大声地鼓励他说："小鹰，你不是小鸡！你看你长得和我一样，是一只可以搏击蓝天的雄鹰啊！不信？咱们到悬崖边，我教你高飞。"

终于，小鹰将信将疑地跟随鹰妈妈来到悬崖边，紧张得浑身发抖。

鹰妈妈耐心地说：“孩子，不要怕。你学我的样子，眼睛看着前方，用力扇动翅膀，就会飞翔起来。”

小鹰在鹰妈妈的带动下，终于飞了起来。

弱点和优点

有一个少年，认为自己最大的弱点是胆小。为此他很自卑。父母带着他去看心理医生。

医生耐心地听完介绍，握住他的手，非常肯定地说：“你只不过是非常谨慎罢了，这显然是个优点嘛！怎么能叫弱点呢？谨慎的人总是很可靠，总是很少出乱子。”

少年有些疑惑：“那么，勇敢反倒成为弱点了？”

医生摇摇头：“不，谨慎是一种优点，勇敢则是另一种优点。只是人们通常更重视勇敢这种优点罢了。就好像白银与黄金相比，人们往往更注重黄金一样。事实上它们二者都很有价值。”

医生接着问少年：“你讨厌酒鬼吗？”

少年说：“当然。”

医生问：“那你讨厌李白吗？”

少年说：“怎么会呢？”

医生问：“难道李白不是酒鬼吗？”

少年纠正医生的话：“不对，李白首先是杰出的诗人，然后才是爱喝酒，他能斗酒诗百篇。”

医生笑道：“对，我赞同你的观点。弱点在不同的人身上，会呈现出不同的色彩：有的喝酒人，仅仅是个酒鬼；而李白则是喝酒人中的诗仙。”

医生又说：“天底下没有绝对的弱点。所谓的弱点，在一定的条件下，也可能成为优点。如果你是战士，胆小显然是弱点；可如果你是司机，胆小谨慎就是优点了。”

敢咬猫的老鼠

一只猫饱餐了一顿，顾不上洗脸，打了一个哈欠，呼呼睡着了，鼻子上还沾着奶油呢。这时一只饥肠辘辘的老鼠，寻着奶油的香味，来不及看清周围的境况，莽莽撞撞张开嘴就咬。

“哎哟！”一声惨叫，被疼痛惊醒的猫，还没弄清怎么回事，就吓得逃之夭夭了。

消息传开，这只莽撞的老鼠在老鼠国家喻户晓，它被同伴们视为无畏的勇士，于是它便成了鼠类的骄傲。

“您为我们出了一口气，以前只有我们见猫就逃的事，今天竟然是猫逃走了。这在我们鼠类历史上还是第一次，您将永垂史册。”老鼠国的所有成员都夸奖它。

从此，这只老鼠被捧成了大英雄，无论它走到哪里，都有鲜花和欢呼围绕。就这样，这位英雄也慢慢地相信自己真的是猫的克星，不知不觉就变得趾高气扬起来。

谁知没过多长时间，这位“鼠勇士”又碰上了那只倒霉的猫。它暗自高兴，觉得这次又可以大显身手，再给猫一个重创，抓瞎它的眼睛，用更大的胜利赢得更高的荣誉与敬仰。

可是它怎能是猫的对手？这次不仅没逮着便宜，反而被对方咬得遍体鳞伤，尾巴也被咬掉了半截。若不是还有点儿机灵劲，险些性命都难保。

这倒霉的消息不胫而走，又一次轰动了整个老鼠国。这次大家却不是用鲜花和欢呼迎接它，取而代之的是铺天盖地的咒骂和唾沫：懦夫！小丑！真是丢了我们鼠类的脸！……

往日的英雄再没人理睬，就是走路也得藏着半截尾巴，低着脑袋。

别忘了你是谁

工匠要将自己花费半年心血，刚刚大功告成雕出的神像运到城里去。但用什么来驮运好呢？工匠一直没有拿定主意，用车运吧，神像不是很大，装到大大的车上，一旦遇到坎坷不平的路，将神像颠簸坏了，那样自己的心血白费不说，也许会得罪神灵，弄不好还会遭到神的惩罚。但是用马运吧，工匠家里没有马，去邻居家借，又不巧邻居家的马正在生小马驹，不能使用。

最后，工匠想到了自己家里的小毛驴。这头驴个头不大，小短腿、长耳朵，两只眼睛十分有神。虽然这头小毛驴有时会偷懒，不过，驮一个神像的力气总是有的。

打定主意后，工匠立即找来一些好草料，让小毛驴美美地吃了一顿，并对它说："小毛驴啊！你今天晚上好好吃一顿，明天早上天一亮就动身，为我驮一尊神像到城里去。"

小毛驴吃着好草料，心中特别高兴，马上愉快地回答说："没问题，主人放心好了。"

第二天天刚亮，工匠便牵出小毛驴，然后抬出神像，拍拍小毛驴让它趴下，将神像捆在它的背上。

小毛驴站起身，迈开腿走了几步，不觉得背上有多大分量。既能进城去看一看，又不用驮太重的东西，小毛驴心里非常高兴。

工匠牵着驮神像的小毛驴上路了。头上是金灿灿的太阳，脚下是宽宽的大路，小毛驴的心情十分好。

走着走着，路上的人多了起来，不一会儿，整条路都是熙熙攘攘的人群了。

人们看到驴身上驮着神像，便停下脚步向神像敬拜。一时间，驴前驴后、驴左驴右都是顶礼膜拜的人。

小毛驴看看前，瞅瞅后，又将头左右摆了摆，眼睛瞪得大大的，为这些人的做法感到纳闷。

忽然，小毛驴明白了：啊，这些人都是在拜自己呢！它看看周围的人们，高兴得欢呼了起来。

刚欢呼完，它又觉得应该跳跃一下来回应膜拜的人们，于是就将前蹄抬了起来。这样一来可不要紧，它身上的神像突然向后滑去，马上就要掉到地上了。人们看到，发出惊恐的叫声。

在叫声中，小毛驴站稳了身子，神像又平稳了。

接着，人们又发出了欢呼声。听着人们的欢呼声，小毛驴再也不肯前进半步了，因为它觉得自己已经成了神。

这时，工匠明白了是怎么回事，就用鞭子狠狠地抽打在驴身上，并骂道："果真是一头蠢驴啊。笨东西，人们朝着你跪拜的原因是你背上驮的是尊神像啊！人们拜倒在你面前的日子还早着呢，不要再想不着边际的美事了！"说完又抽了小毛驴一鞭子。

人生最大的不幸就是一辈子都不认识自己。

秃鹫唱歌

古时候，有一种叫秃鹫的鸟，头和颈上都没有毛，叫声令人恐惧。

有一天，一只秃鹫在天上飞来飞去，看见不远处有一座富丽堂皇的宫殿，它就朝宫殿飞去。秃鹫落在宫殿前的大树枝上，看见宫殿长廊里的一个精巧漂亮的架子上站着一只鹦鹉，它身上装饰着晶莹的珍珠和五彩的丝带，美丽极了。

秃鹫飞下来，落到鹦鹉面前，羡慕地问："这是什么地方？"

鹦鹉回答："这儿是国王的王宫。你是从哪里来的呢？"

秃鹫回答说："我是从大森林边上的原野飞来的。"

鹦鹉说："我原本也是生活在大森林中的，被人捉来献给国王，就来到了这里。"

"你在这里过得好吗？"秃鹫好奇地问。

"过得很好。国王叫人喂我最好的食物，每天给我梳理羽毛，还常常赏赐我珍珠、彩色丝带，把我打扮得漂漂亮亮的。”

秃鹫惊讶地叫了一声：“哇！国王为什么要厚待你呢？”

鹦鹉说：“因为我会唱非常好听的歌，国王烦闷时就来听我唱歌，我的歌声能够让他高兴起来。”

秃鹫想：“原来这么容易就能得到国王的宠爱和赏赐！我何不学学鹦鹉，也给国王唱歌听？”

秃鹫有些妒忌鹦鹉了，说：“你以为就你会唱歌吗？我比你唱得好多了。我这就唱，让国王听听。到那时，他一定会宠爱我、赏赐我，你就没份儿啦！”说着，它张开大嘴就要歌唱。

鹦鹉急忙扇动翅膀制止秃鹫：“国王正在睡午觉，你把他吵醒了，他要发脾气的。”

秃鹫却把嘴一撇，说：“哼！你是怕我唱得比你好，夺了你的专宠吧？”说着，它朝国王的寝宫飞去，站在国王的床头，扯开嗓子大叫起来。

正沉入梦乡的国王被这突如其来的叫声吓醒了，他愤怒地问：“是什么声音，让人听了毛骨悚然？”

秃鹫大模大样地走到国王的面前，说道：“是我在唱歌呢！”

国王又吓了一跳，命令道：“好大的胆！敢来吓唬我，来人，把这只怪鸟抓起来！”

国王的卫兵围过来把秃鹫抓住了。他们拔光了秃鹫的毛，把它扔到城门外。秃鹫浑身疼痛难忍，又无法飞翔，不久就在哀嚎中死去了。

窗

有个太太多年来不断向人抱怨对面的太太很懒惰：“那个女人的衣服永远洗不干净。看，她晾在院子里的衣服，总是有斑点，我真的不知道，她怎么连洗衣服都洗成那个样子！”

直到有一天，有个明察秋毫的朋友到她家，才发现并不是对面的太太衣服洗不干净。细心的朋友拿了一块抹布，把这个太太窗户上的灰渍抹掉，说：“看，这不就干净了吗？”

原来，是这位太太自己家的窗户脏了。

一个人发现别人的错误比发现自己的错误容易，而错怪别人也比检讨自己简单。只有擦去了自己心灵这扇“窗子”上的“灰尘”，才能更客观、更准确地看待外部世界。

不要妄自尊大

在一个风景优美、繁密茂盛的森林里，居住着许多动物，不但有狮子、老虎、狼、豹子等大型食肉动物，还有蚊子、蜘蛛这样的小生命。

有一只蚊子，它每天都在想："在这个王国中，狮子应该是百兽之王了吧，没有比它更有力、更强大的动物了。只要我能把它打败，那么我将成为森林大帝！"

经过一番认真的准备，这只蚊子终于向狮子宣战了。它扇动着翅膀飞到狮子面前，对狮子说："狮子，我不怕你，你并不比我强大，不信，咱们较量较量？"

可惜蚊子的声音太弱小，狮子根本没听见，仍在那儿悠然地闭目养神。蚊子见了，气得火冒三丈，用尽吃奶的劲儿对狮子喊道："你这只笨狮子，我们比试比试，看你有什么本事？是用爪子抓，还是用牙齿咬，我都比你强得多！"说着蚊子吹着喇叭鼓足了劲儿向狮子冲去。

狮子这下慌了，脸上奇痒无比，睁大了眼睛瞧，却看不清蚊子进攻的方向。蚊子恶狠狠地叮狮子的脸，而且专叮狮子鼻子周围没有毛的地方。

狮子左躲右闪，用力晃头，张开血盆大口猛扑向蚊子，只是蚊子小巧灵活，狮子的嘴巴总是落空。气

得狮子拼命挥动爪子，一顿乱抓乱挠，尽管如此，还是没有捉住蚊子。

蚊子高兴极了，威胁狮子说：“快认输，不然我咬死你！”狮子从来没受过这种罪，它怒吼着扑向蚊子，不过很遗憾，又失败了。气得狮子哇哇乱叫，蚊子趁势又朝狮子发动了进攻，叮得狮子用爪子把自己的脸都抓破了。没办法，狮子只能落荒而逃。

“我赢了！”蚊子得意地吹着胜利的喇叭，唱起欢乐的凯歌飞走了，一边飞一边喊：“我战胜了狮子，我才是最了不起的，我要当森林大帝！”

蚊子得意忘形地飞着，完全忘了四周存在的危险。突然，它撞进了一个柔软的东西里，身体被黏住了。它挣扎着，想要离开，但是越挣扎黏得越紧，这下它清醒了，原来自己被蜘蛛网黏住了。

一只蜘蛛慢悠悠地向它走来，蚊子完全被胜利冲昏了头脑，并没有意识到自己身处险境，它大声地对蜘蛛说："蜘蛛，我刚刚打败了狮子，你快放了我，我不屑和你战斗！"

蜘蛛听了冷笑道："蚊子，你别白费气力了，不管你曾经打败过谁，现在都是我的俘虏，吃掉你易如反掌，你将成为我的晚餐。"

蚊子最后叹息着说："我同最强大的动物都较量过，取得了辉煌的战果，没想到，却败在一只小小的蜘蛛手上。"

钉 子

有一个男孩控制不好情绪，经常发脾气，家人深受其坏脾气的困扰。有一天，他的父亲给了他一袋钉子，并且告诉他：每当他要发脾气或者发完脾气的时候就钉一颗钉子在后院的围篱上。

第一天，这个男孩钉下了 37 颗钉子。慢慢地，每天钉下的钉子数量渐渐减少了，因为他发现控制自己的脾气要比钉下那些钉子来得容易些。

终于有一天，这个男孩再也不会失去耐性而乱发脾气。他告诉父亲这件事，父亲告诉他：现在开始，每当他情绪不好要发脾气，但是能控制住自己的时候，就拔出一颗钉子。

时间一天天地过去了，最后男孩告诉父亲，他终于把所有钉子都拔出来了。

父亲拉着他的手来到后院，说："你做得很好，我的好孩子。但是看看围篱上那些拔出钉子后留下的痕迹，这些围篱永远不能恢复到从前完整的样子了。你生气的时候说的话，就像这些钉子一样会留下疤痕。

沙漠里的骆驼

一只骆驼在沙漠里艰难地跋涉着。正午的太阳像一个大火球，晒得它又饿又渴，焦躁万分，一肚子火不知道该往哪儿发。

正在这时，一块玻璃瓶的碎片把它的脚掌硌了一下，疲乏的骆驼顿时火冒三丈，抬起脚狠狠地将碎片踢了出去，却不小心将脚掌划开了一道深深的口子，鲜红的血液顿时染红了沙粒。

生气的骆驼一瘸一拐地走着，一路的血迹引来了空中的秃鹫。它们在骆驼上方的天空中鸣叫着、盘旋着。骆驼心里一惊，不顾伤势狂奔起来，在沙漠上留下一条长长的血迹。跑到沙漠边缘时，浓重的血腥味引来了附近沙漠里的狼。

为了躲避秃鹫和沙漠狼，疲惫加上流血过多，无力的骆驼只得像无头苍蝇般东奔西窜，仓皇中跑到了一处沙漠蚂蚁的巢穴附近，鲜血的腥味惹得沙漠蚂蚁倾巢而出，黑压压地向骆驼扑过去。一眨眼，就像一块黑色的毯子一样把骆驼裹了个严严实实。

不一会儿，可怜的骆驼就鲜血淋漓地倒在地上了。

临死前，这个庞然大物追悔莫及地叹道："我为什么跟一块小小的碎玻璃生气呢？"

台球“冠军”与苍蝇

1965年9月7日，世界台球冠军争夺赛在纽约举行。路易斯·福克斯的得分一路领先，只要再得几分便可稳拿冠军。

就在这个时候，他发现一只苍蝇落在主球上，他挥手将苍蝇赶走。可是，当他俯身击球的时候，那只苍蝇又飞回到主球上，他在观众的笑声中再一次起身驱赶苍蝇。

这只讨厌的苍蝇破坏了他的情绪，而且更为糟糕的是，苍蝇好像是有意在跟他作对，他一回到球台，它就又飞回到主球上来，引得周围的观众哈哈大笑。

路易斯·福克斯的心情十分烦躁、郁闷，他终于失去了理智，愤怒地用球杆去击打苍蝇，结果球杆碰到了主球，裁判判他已击球，他因此失去了一轮机会。

路易斯·福克斯受此影响，情绪变得更糟糕了，方寸大乱、连连失利，而他的对手约翰·迪瑞则愈战愈勇，终于赶上并超过了他，最终夺得了冠军。

第二天早上，人们在河里发现了路易斯·福克斯的尸体，他投河自杀了！

这个悲剧告诉我们，低情商者往往会做出人们意想不到的事情，处于情绪低潮当中的人们，容易迁怒周遭所有的人、事、物，如果不能管理好自己的情绪，那么智商再高、能力再强，都无法收获成功。

脱缰的马

一位骑师精心训练了一匹好马，所以骑起来得心应手。只要他把马鞭子一扬，那马儿就乖乖地听他支配，而且骑师说的话马儿句句都明白。

因此，骑师认为用言语指令就可以驾驭这匹马了，用缰绳是多余的。有一天，他骑马外出时，就把缰绳给解掉了。

马儿在原野上驰骋，一开始还不算太快，仰着头抖动着马鬃，雄赳赳地高视阔步，仿佛要叫它的主人高兴。但当它知道约束自己的缰绳已经解除了的时候，它就变得大胆起来，再也不听主人的斥责，飞驰在辽阔的原野上。

不幸的骑师，如今毫无办法控制他的马了，他用颤抖的手想把缰绳重新套上马头，但已经无法办到。失去羁控的马儿撒开四蹄，一路狂奔着，竟把骑师摔下马来，而它还是继续疯狂地往前冲，像一阵风似的，兴许是脱缰后获得自由而兴奋不已，马儿路也不看、方向也不辨，一个劲儿向前冲，没料到原野的尽头是深谷，马儿冲下深谷，摔了个粉身碎骨。

情绪就如同这匹马一样，如果你不控制住，就如同脱缰的马儿，虽然驰骋起来自由、惬意，但最终会害了自己。

遇事不要冲动

这个故事发生在美国的阿拉斯加。有一对年轻的夫妇，妻子因为难产死去，孩子活了下来。年轻的丈夫一个人既要工作挣钱养家，又要照顾孩子，实在是忙不过来，可是又找不到合适的保姆来照看孩子。于是他训练了一只狗，那只狗既听话又聪明，可以帮他照看孩子。

有一天，这位年轻的丈夫要外出，像往日一样让狗照看孩子。他去了离家很远的地方，返程时错过了班车，所以当晚没有赶回家。第二天一大早他急急忙忙往家里赶，狗听到主人的声音摇着尾巴出来迎接，他发现狗满口是血，打开房门一看，屋子里到处是血，孩子居然不在床上……他全身的血一下子都涌到头上，心想：一定是狗挨饿后兽性大发，把孩子吃掉了。盛怒之下，他拿起刀来把狗杀死了。

就在他悲愤交加的时候，突然听到孩子的声音，只见孩子从床下爬了出来，年轻的丈夫感到很奇怪。他再仔细看了看狗，这才发现狗后腿上有一大块肉没有了，而屋门的后面还有一头狼的尸体。原来是狗救了小主人，却被主人误杀了。

这位年轻的丈夫在一刀带来的痛快之后，很快就尝到了痛苦的滋味。他痛失爱犬，所有的结局全由那冲动的一刀所致，这不得不说是件很遗憾的事。

生活中难免会遇到一些突发或意外情况，我们需要的是冷静了解情况，而非冲动决策。

生 气

在古老的西藏，有一个叫爱地巴的人，每次和人起争执生气的时候，就以很快的速度跑回家去，绕着自己的房子和土地跑3圈，然后坐在田地边喘气。

爱地巴工作非常勤劳努力，他的房子越来越大，土地也越来越多，但不管房子和土地有多大，只要与人争论生气，他还是会绕着房子和土地跑3圈。爱地巴为何每次生气都绕着房子和土地跑3圈？

所有认识他的人，心里都起了疑惑，但是不管怎么问他，爱地巴都不愿意说明。直到有一天，爱地巴已经老了，他的房子和土地已经扩大了很多，但他生气时，仍拄着拐杖艰难地绕着房子和土地走。

等他好不容易走3圈，太阳都下山了，爱地巴独自坐在田边喘气，他的孙子在身边恳求他："阿公，您已经那么大年纪了，这附近地区也没有人的土地比您的更大，您不能再像从前那样，一生气就绕着房子和土地跑啊！您可不可以告诉我这个秘密，为什么您一生气就要绕着房子和土地跑上3圈？"

爱地巴经不起孙子恳求，终于说出隐藏在心中多年的秘密。

他说："年轻时，我一和人吵架、争论、生气，就绕着房子和土地跑3圈，边跑边想，我的房子这么小，土地这么少，我哪有时间，哪有资格去跟人家生气？一想到这里，气就消了，于是就把所有时间用来努力工作。"

孙子问道："阿公，您年纪大了，已经变成最富有的人了，为什么还要绕着房子和土地跑？"

爱地巴笑着说："我现在还是会生气，生气时绕着房子和土地走3圈，边走边想，我的房子这么大，土地这么多，我又何必跟人计较？一想到这，气就消了。"

河蚌与珍珠

从前有一只河蚌，它一直很快乐。有一天，它正在河边晒太阳，突然，起风了，一颗小沙粒吹进了它的身体。河蚌感到很不舒服，但它没有手，无法把沙粒拿出来，所以它感到很难受。

回到河里之后，河蚌先是思考了自己面临的情况——沙粒在自己的身体里，它感到很痛，但是它几经努力都没有办法摆脱沙粒。它把自己的痛苦告诉了旁边的石头，说完之后，它感到心情好受了一些。它开始带着轻松的心情问自己应该怎么办，而它得出的结论是：或许是自己太孤单了，所以这个小沙粒是来和自己做朋友的，小沙粒怕被水冲走，所以就躲到了自己的身体中，自己应该接受它，和它做好朋友。

从那天开始，河蚌就把小沙粒当成了自己的好朋友，还把自己身体里的养分分享给小沙粒。小沙粒就这样每天都被营养包围着。

过了一段时间，河蚌惊喜地发现，那个躲在自己身体里小小的沙粒，已经变成了一颗晶莹美丽的珍珠！

第二辑

乐观自信

建立正面积极的人生态度

好心情的哲学家

有一位哲学家拥有非常好的心态，无论置身什么环境，他都能从中找到乐趣，享受生活。

当这位哲学家还是单身汉的时候，和几个朋友一起住在一间只有七八平方米的小屋里。尽管生活非常不便，但是，他一天到晚总是乐呵呵的。

有人问他："那么多人挤在一起，连转个身都困难，有什么可乐呵的？"

哲学家说："朋友们在一块儿，随时都可以交换思想，交流感情，这难道不是很值得高兴的事儿吗？"

过了一段时间，朋友们一个个相继成家了，先后搬了出去。屋子里只剩下了哲学家一个人，但是他每天仍然很快活。

那人又问："你一个人孤孤单单的，有什么好高兴的？"

"我有很多书啊！一本书就是一个老师。和这么多老师在一起，时时刻刻都可以向它们请教，这怎能不令人高兴呢？"

几年后，哲学家也成了家，搬进了一座大楼里。这座大楼有七层，他的家在最底层。底层是这座楼里环境最差的，上面的人老是往下面泼污水，丢死老鼠、破鞋子、臭袜子和杂七杂八的脏东西。那人见他还是一副自得其乐的样子，好奇地问：“你住这样的房间，也感到高兴吗？”

“是呀！你不知道住一楼有多少妙处啊！比如：进门就是家，不用爬高的楼梯；搬东西方便，不必费很大的劲儿；朋友来访容易，用不着一层楼一层楼地去叩门询问；……特别让我满意的是，可以在空地上养一丛一丛的花，种一畦地的菜。这些乐趣呀，数之不尽啊！”哲学家笑眯眯地说。

过了一年，哲学家把自己住的一楼房间让给了一位朋友，这位朋友家有一个偏瘫的老人，上下楼很不方便。他自己则搬到了楼房的最高层——第七层，可是他每天仍然快快乐乐的。

那人揶揄地问：“先生，住七层楼是不是也有许多好处呢？”

哲学家说：“是啊，好处可真不少呢！仅举几例吧：每天上下几次，这是很好的锻炼机会，有利于身体健康；光线好，看书写文章不伤眼睛；没有人在头顶干扰，白天黑夜都非常安静。”

后来，那人遇到哲学家的学生，问道：“你的老师总是那么快快乐乐，可我却感到，他每次所处的环境并不是那么好呀？”

学生答道：“老师教诲我们：决定一个人心情的，不是环境，而是心境。”

让孩子看到光亮的一面

有个叫查理的孩子，脸上有块巨大的胎记。紫红的胎记从他的眼角一直延伸到嘴唇，好像有人在他的侧脸上竖着划了一刀，使他原本英俊的脸变得有些狰狞恐怖。

虽然外表有缺陷，可查理却友善、幽默、乐观开朗、积极向上。凡是和他打过交道的人都会不由自主地喜欢上他。查理的特长是演讲，风趣自然又不乏哲理。小到社团晚会，大到全国比赛，他都参加过。刚

开始，观众的表情总是震惊、恐惧，但等到他讲完，他们又都心悦诚服，场下一片掌声雷动。

一位报社记者向他提出了大家心里的疑问：“你是怎么应付那道胎记的呢？”记者的言下之意是：“你是怎么克服那道胎记带给你的尴尬和自卑的？”

查理微笑着说：“应付？我向来以它为荣哦！很小的时候，父亲就告诉我：‘儿子，在你出生前我便向上帝祷告，请他赐给我一个与众不同的孩子，于是上帝给了你特殊的才能，还让天使做了记号。你脸上的标记是天使吻过的痕迹，他这样做是为了让我在人群中一下子就能找到你。’父亲一有机会就给我讲这个故事，所以我对自己的好运气深信不疑。我甚至会为那些脸上没有红色吻痕的孩子难过。我曾经以为陌生人的惊讶是出于羡慕，于是更加积极努力，生怕浪费上帝给我的天赋和殊荣。

懂事后，我渐渐知道了胎记的真相，但我已经不受它的困扰了。”

其实，查理的父亲没有骗他，每个人都从上帝那儿得到过特殊的才能：聪明，美丽，健康。而每个孩子对父母来说都是与众不同的。查理的父亲让儿子看到了事物的另一面，光亮的一面，从而改变了儿子的一生。因为有了这道胎记，查理才会不断努力，取得今天的成绩，这又何尝不是一种天赋，用天使的吻痕来形容并不过分。

韦尔奇的自信

被人们称为“全球第一CEO”的美国通用电气公司前首席执行官杰克·韦尔奇曾有句名言：“所有的管理都是围绕‘自信’展开的。”凭着这种自信，在担任通用电气公司首席执行官的20年中，韦尔奇显示出了非凡的领导才能。韦尔奇的自信与他所受到的家庭教育是分不开的。

韦尔奇的母亲对儿子的关心主要体现在培养他的自信心方面，因为她懂得，有自信，然后才能有一切。

韦尔奇从小就患有口吃症，由于说话结结巴巴、口齿不清，经常闹笑话。韦尔奇的母亲想方设法地将儿子这个缺陷转变为一种激励。她常对韦尔奇说：“这是因为你太聪明，没有任何一个人的舌头可以跟得上你这样聪明的脑袋。”于是，从小到大，韦尔奇从未对自己的口吃有过丝毫的自卑和忧虑。因为他从心底相信母亲的话：他的大脑比舌头转得快。

在母亲的鼓励下，口吃的毛病并没有阻碍韦尔奇学业与事业的发展。而且注意到他这个弱点的人大都对他产生了某种敬意，因为他竟能克服这个缺陷，在商界出类拔萃。美国全国广播公司新闻部总裁迈克尔就对韦尔奇十分敬佩，他甚至开玩笑说：“杰克真有力量，真有效率，我恨不得自己也口吃。”

韦尔奇的个子不高，却从小酷爱体育运动。读小学的时候，他想报名参加校篮球队，当他把这个想法告诉母亲时，母亲鼓励他说：“你想做什么就尽管去做好了，妈妈相信你一定会成功的！”

于是，韦尔奇报名参加了篮球队。当时，他的个头几乎只有其他队员的四分之三。然而，由于充满自信，韦尔奇对此始终都没有丝毫的纠结，以至于几十年后，当他翻看自己青少年时代在篮球队与其他队友的合影时，才惊奇地发现自己几乎一直是整个球队中最为弱小的一个。

青少年时代在学校篮球队的经历对韦尔奇的成长很重要，他认为自己的坚韧和进取意识是在球场上训练出来的。他说：“我们所经历的一切都会成为我们建立信心、不断进取的基石。”

在整个学生时代，韦尔奇的母亲始终是他最热情的啦啦队队长。所有亲人、朋友和邻居几乎都听过韦尔奇的母亲所告诉他们的关于她儿子的故事，而且在每一个故事的结尾她都会说，她为自己的儿子感到骄傲。

勤奋的苏轼

很多人感慨："我要是有苏轼的天赋就好了。"他们以为苏轼的成功全靠天赋，却不知其成功更多源于后天的勤奋。

苏轼晚年时曾对弟子王古说："我每读一部经典，都是从头抄到尾。"

苏轼被贬至黄州时，朋友朱载上专程去看他。朱载上在前堂等了很久，苏轼才出来，抱拳致歉道："我刚才在做每天的功课，没发觉你来了。"

朱载上问："你还要做功课？那每天的功课是什么？"

苏轼回答："抄《汉书》。"

朱载上惊问："你还用得着抄书吗？"

苏轼回答："这是我第三次抄《汉书》了。开始全文抄写，后来一段内容抄几个字，现在一段内容抄一个字。"

朱载上说："把你抄的书给我看看好吗？"

苏轼立即取出一册抄书递给他。

朱载上双眉紧皱，一点也看不明白，询问抄的是什么。

苏轼说："请你说一个字。"

朱载上就随便挑了抄书上的一个字，苏轼很快整段背出，竟无一字差错。

那天回家后，朱载上对儿子朱新仲说："比我们优秀的人还比我们更努力，我们有什么资格不勤奋呢？"

面对生命的态度

有位太太请了个油漆匠到家里粉刷墙壁。

油漆匠一走进门，看到她的丈夫双目失明，顿时流露出怜悯的眼光。男主人一向开朗乐观，油漆匠在那里工作了几天，他们谈得很投机，油漆匠也从未提及男主人的缺憾。

工作完毕，油漆匠取出账单。那位太太发现比之前谈妥的价钱打了一个很大的折扣。

她问油漆匠："怎么少算这么多呢？"

油漆匠回答说："我跟你先生在一起觉得很快乐，他对人生的态度，使我觉得自己的境况还不算最坏。所以减去的那一部分，算是我对他表示一点谢意，因为他使我不会把生活看得太苦！"

油漆匠对她丈夫的推崇，使她情不自禁流下了眼泪，因为这位慷慨的油漆匠，自己只有一只手。

态度就像磁铁，不论我们的思想是正面抑或是负面的，我们都受到它的牵引。而思想就像轮子一般，使我们朝一个特定的方向前进。虽然我们无法改变人生，但我们可以改变人生观；虽然我们无法改变环境，但我们可以改变心境；虽然我们无法调整环境来完全适应自己的生活，但可以调整态度来适应一切的环境。

毕竟，你的生活并非全数由生命中所发生的事来决定，而是由你自己面对生命的态度，与你的心灵看待事情的态度来决定。

走进星星的世界

有一个美国年轻军官接到调动命令，将他调派到一处接近沙漠边缘的基地。他不想新婚的妻子离开都会生活跟着他去受苦，但妻子为了证明夫妻同甘共苦的深情，执意陪同前去。

年轻军官只好带着妻子前往，并在驻地附近的印第安部落中帮妻子找了个木屋安顿下来。这个地方夏天酷热难耐，风沙多且早晚温差变化大，更糟的是部落中的印第安人都不懂英语，连日常的沟通交流都有困难。

就这样坚持住了几个月，妻子实在是无法忍受这样苦闷的生活，于是写了封信给她的母亲，除了诉说生活的艰苦难熬外，信末还说她准备返回繁华的都市生活。

她的母亲回了封信说：“有两个囚犯，他们住同一间牢房，往同一个窗外看，一个看到的是泥巴，另一个则看到星星。”

妻子倒不是真的想离开丈夫回到都市，原本也只是发发牢骚罢了！接到母亲的信件后，便对自己说：“好吧！那我就去把那星星找出来。”

从此她改变了生活态度，积极地走进印第安人的生活，学习他们的编织和烧陶，并迷上了印第安文化。她还认真地研读许多关于星象天文的书籍，并运用沙漠地带的天然优势观察星空，几年后出版了几本关于研究星星的书籍，成了星象天文方面的专家。

“当我们往窗外看时，不要只看到地上的泥巴，更要走进星星的世界。”她常常在心底这样跟自己说。

追求忘我

1858年，一个小女孩出生在瑞典的一个富豪人家。然而不久，孩子染患了一种无法解释的瘫痪症，丧失了走路的能力。

一次，女孩和家人一起乘船旅行。在海上，船长的太太同女孩讲起船长的天堂鸟。她被船长夫人口中描述的这只鸟迷住了，极想亲眼看一看。于是保姆把女孩留在甲板上，自己去找船长。女孩耐不住性子继续等待，她要求船上的服务生立即带她去看天堂鸟。那服务生并不知道她的腿不能走路，而只顾拉着她一道去看那只美丽的小鸟。

奇迹发生了，女孩因为极度的渴望，竟忘我地拉住服务生的手，慢慢地走了起来。从此，孩子的病便慢慢好起来了。女孩子长大后，又忘我地投入到文学创作中，最后成为第一位荣获诺贝尔文学奖的女性，她就是塞尔玛·拉格洛芙。

忘我是走向成功的一条捷径，只有在这种状态下，人才会超越自身的束缚，释放出最大的能量。

专注于做事、把事做彻底

20世纪50年代，他就读于印度某大学。与其他学生相比，他身材矮小，并不起眼。不过，班主任发现他非常聪明，便鼓励他参加学校的演讲比赛。

临近比赛前一天，他突然找到班主任，吞吞吐吐地说自己个头太矮了，即使站得笔直，脸也不能全部露出讲台，所以想放弃比赛。老师看了看他，微笑着说："这很简单，你带个小凳子上台，垫在脚下演讲不就行了吗？"

他愣了一会儿，说："可是这样，大家都会嘲笑我的。"

老师拍了拍他的肩："你比的是演讲而不是身高，别人嘲笑又如何？因为在意小事而耽误了正事，这不是明智的选择。"

正式比赛时，他迎着大家诧异的眼光，站在凳子上，淋漓尽致地完成了演讲，并获得了第二名的好成绩。当他兴奋不已地准备和老师一起庆祝时，老师却严肃地说："刚才，你犯了个不小的错误。"

他怔住了，老师接着说："你演讲完后怎么能把凳子留在台上？这样既给下一位选手添了麻烦，还让观众看出你是个不负责任的人。"

他窘红了脸，深有感悟地说："老师指导我带凳子上台，是提醒我不要被小事所扰；老师教导我要带凳子下来，则是提醒我不要事后留尾巴。"

他把这两条教训牢记于心，此后每次上台演讲都把凳子垫在脚下，结束后再把它带回座位。

他就是印度的前任总统慕克吉，身高仅1.52米，却被誉为印度政坛的"搞定先生"。慕克吉常说："专注于做事、把事做彻底，这便是做人做事的两大准则。"

墨守成规的海螺

海螺的壳相当坚硬，它生活得无忧无虑，因为它深信只要不把头伸出来就没人能伤害得了它。

它的好友蝶鱼羡慕地对它说："螺兄，你的要害实在保护得相当严密，只要盖上外壳，谁也无法伤到你，这的确是十分美妙的构造。"

海螺很自信地说："只要我保持这样，就不会有任何苦恼。"此时，突然传来一声"叮"的声音，海螺立即紧闭外壳，心想："到底是什么声音呢？难道是鱼钩吗？以前曾经有过这种事情，千万不可大意。也许，蝶鱼已经被捉走了，不晓得它现在如何了？幸好，我还能平安地活着，真该感谢我这坚硬的外壳啊！"

经过一段时间，海螺心想："现在打开外壳，应该没问题了吧！"于是就把头伸出来，看看四周，可是觉得周遭的环境相当陌生。仔细一看，原来自己身上已贴着"50元"的牌子，被摆在海鲜店的摊位上。

倒霉的小男孩

一群男孩在公园里做游戏，有个“倒霉”的小男孩抽到了士兵的角色。他要接受所有长官的命令，而且要按照命令去完成任务。

“现在，我命令你去那个堡垒旁边站岗，没有我的命令不准离开。”

“是的，上校。”小男孩快速、清脆地答道。

时间一分一秒地过去了，小男孩的双腿开始发酸，双手开始无力，天色也渐渐暗下来，却还不见“长官”来解除任务。

一个路人经过，看到正在站岗的小男孩，惊奇地问道：“你一直站在这里干什么呢？”

“我在站岗，没有长官的命令，我不能离开。”小男孩答道。

“你，站岗？”路人哈哈大笑起来，“这只是游戏而已，何必当真呢？”

“不，我是一名士兵，要遵守长官的命令。”小男孩答道。

又过了很久，小男孩开始觉得事情有些不对劲，于是，他向路人求助道：“其实，我很想知道我的长官现在在哪里，你能不能帮我找到我的小伙伴们，让他们来给我解除任务。”

路人答应了。过了一会儿，他带来一个不太好的消息：他们都走了。

正在这时，一位真正的军官走了过来，他了解情况后，以上校的身份郑重地向小男孩下达命令，让他结束任务，离开岗位。

军官对小男孩的执行态度十分赞赏。他心里想：“这个孩子长大以后一定是位出色的军人，他对工作岗位的责任意识太让人震惊了。”

那位军官想得一点也没错，成年后的小男孩在第二次世界大战中立下赫赫战功，两次荣登《时代》杂志的封面，他就是美国最后一位辞世的五星上将——布莱德雷将军。

心态的力量

有个老奶奶，每天都愁眉苦脸地坐在家门前，从来没有高兴的时候。有一天，春暖花开，艳阳高照，老奶奶依然愁眉苦脸地坐在门前。

邻居忍不住问："老奶奶，您为何每天都这么忧愁呢？"老奶奶说："我大女儿是卖伞的，一到好天气，她的伞就卖不出去了，没有收入。"邻居理解了老奶奶的苦衷，感慨道："真是可怜天下父母心啊！"

这天，天上下起大雨，老奶奶依然眼泪汪汪坐在家门前。邻居恰巧从老奶奶门前经过，纳闷地问："老奶奶，下雨了您大女儿就有生意了啊！您怎么还是不高兴呢？"

老奶奶一边抹眼泪一边说："我的小女儿是开染布坊的。遇到这种阴雨天，她染好了布却没有地方晒，赚不到钱。"

听了老奶奶的话，邻居转念一想，对老奶奶说："老奶奶，您都这么大年纪了，整日愁眉苦脸的，哪天才是个头啊！您为何不颠倒过来想一想呢，晴天的时候，您小女儿的染布坊生意好；雨天的时候，您大女儿的伞卖得好。这样一来，不管是晴天还是雨天，您的女儿都有钱赚，多好啊！”

邻居的话让老奶奶茅塞顿开，老奶奶高兴地说：“是啊，她们都有钱赚，我为何还要愁眉苦脸、哭哭啼啼呢？我的眼睛都快哭瞎了，以后就再也不用哭了！”

生存和自由

一个月光皎洁的夜晚，饥饿的瘦狼遇到了养得肥肥的看家狗。狼很羡慕狗，想和它交朋友。

“你看上去怎么这么壮实？”狼问，“你肯定比我吃得好多了。”

“唉，如果你要吃我吃的东西，就得干我干的活儿。”狗说。

“什么活儿？”狼问。

“就是尽心尽职地给主人看家、防贼什么的。”

“我可以试试吗？”

狗一见狼愿意像自己一样为主人效力，很是乐意，就领着狼匆匆向主人的家里跑去。

它们在一起跑的时候，狼看到狗脖子上有一圈明显的伤疤。

“你的脖子是怎么搞的？”

“是平时铁链子套在脖子上勒的。”狗不经意地回答道。

“链子？”狼吃惊了，“难道你平时不能自由自在地随意走动？”

“不能完全随我的意，”狗说，“主人怕我白天乱跑，因此用铁链子把我拴起来。不过到了晚上，我还是有一定的自由。重要的是我可以吃到主人吃不完的食物，主人非常宠我……怎么啦，你怎么不走啦？你要到哪儿去？”狗看见狼正在离开它，急切地喊道。

“我要回到森林里去，”狼回过头来说，“你吃你的美食去吧，我宁可吃得糟糕点儿，也不愿意让链子拴住脖子，失去宝贵的自由。”

狼说完一溜烟地跑向了森林。

勇于冒险

有一天，龙虾与寄居蟹在深海中相遇，寄居蟹看见龙虾正把自己的硬壳脱掉，只露出娇嫩的身躯。寄居蟹非常紧张地说：“龙虾，你怎么可以把唯一保护自己身躯的硬壳也放弃呢？难道你不怕有大鱼一口把你吃掉吗？以你现在的情况来看，连急流都可以把你冲到岩石去，到时你不撞死才怪呢！”

龙虾气定神闲地回答：“谢谢你的关心，但是你不了解，我们龙虾每次成长，都必须先脱掉旧壳，才能生长出更坚固的新外壳，现在面对的危险，只是为了将来发展得更好而做出的准备。”

寄居蟹听了，细细思量着，自己整天都在找可以避居的地方，却没有想过如何令自己成长得更强壮，一辈子都活在别人的荫庇之下，难怪只能永远待在狭隘的空间里，难有大的发展。

对于那些害怕危险的人，危险无处不在。每个人都有一定的安全区，你想跨越自己目前的处境，请不要画地自限，勇于接受挑战、充实自我，你很可能会发展得比想象中更好。

back to school
123
ABC
A+

第三辑

播种梦想

让生命之花美丽绽放

只要你想，你也能飞起来

多年前，一位贫苦的牧羊人领着两个年幼的儿子以替别人放羊来维持生活。

有一天，他们赶着羊群来到一个山坡。这时，一群大雁鸣叫着从他们的头顶飞过，并很快消失在远处。牧羊人的小儿子问父亲："大雁要往哪里飞？""它们要去一个温暖的地方，在那里安家，度过寒冷的冬天。"牧羊人说。

他的大儿子眨着眼睛羡慕地说："要是我们也能像大雁一样飞起来就好了，那我就要飞得比大雁还要高，去天堂，看妈妈是不是在那里。"

小儿子也对父亲说："做个会飞的大雁多好啊！那样就不用放羊了，可以飞到自己想去的地方。"

牧羊人沉默了一下，然后对两个儿子说："只要你们想，你们也能飞起来。"

结果，两个儿子试了试，没有飞起来。他们用怀疑的眼神瞅着父亲。

牧羊人说："让我飞给你们看。"于是他张开双臂向前奔跑试着起飞，也没飞起来。

牧羊人肯定地说：“我是因为年纪大了才飞不起来，你们还小，只要不断努力就一定能飞起来，去想去的地方。”

儿子们牢牢记住了父亲的话，并不断地努力，后来他们果然飞起来了。他们就是发明了飞机的莱特兄弟。

少年周恩来的梦想：为中华之崛起而读书

伟大的周恩来总理小时候就志向高远。上小学的一天，校长来给同学们上修身课，题目是“立命”。那时正是中国社会发生剧烈变革的时期，孙中山领导的辛亥革命刚刚推翻了清政府统治，结束了中国两千多年的君主专制制度。很多青少年开始迷茫，不知道自己的未来何去何从，失去了人生奋斗的方向。

针对这一现象，校长特别安排了“立命”这一课，在台上激情地演讲起来。校长讲到精彩处突然停顿下来，向学生提出一个问题：“请问你为什么而读书？”

教室里一下子安静下来，学生们都在思考着这个问题。校长走下讲台，指着前排一个学生问：“你为什么而读书？”这个学生站起来挺着胸脯说：“为光耀门楣而读书！”校长又问第二个学生，他的回答是：“为了明礼而读书。”第三个被问的学生是一个鞋铺掌柜的儿子，他很认真地回答说：“我是为我爸而读书的。”

同学们听后哄堂大笑，校长长叹了一口气，摇了摇头。

不一会儿，校长走到周恩来面前，问道："你是为什么而读书？"周恩来站起身来，非常郑重地回答道："为中华之崛起而读书！"校长眼前一亮，欣慰地点了点头。他示意让周恩来坐下，然后对大家说："有志者，当效周生啊！"

你的人生，凭什么交给别人选择

芒提·罗伯兹在很小的时候，就跟着他那当驯马师的父亲一起流浪着生活。有一次，老师布置了一篇作文，要每个孩子写出自己的梦想。

他花了很长时间来写这篇作文。在长达 7 页的文章中，他详细叙述了他的远大理想。他说，他希望将来能拥有一个属于自己的牧马场。不仅如此，他还绘制了一张占地达 200 英亩的牧马场的图纸，并打算建造一栋占地 4000 平方英尺的大房子。

第二天，老师把他叫到办公室，说："你的这个理想，简直就是白日做梦。这样吧，你重新写一个比较切合实际的理想，我会重新给你打一个合格的分数的。"

一个星期后，小男孩将没有做任何改动的作文交给老师。他说："尽管您可以继续给我打低分，但是，我也绝不放弃我的梦想！"

许多年过去，芒提成了一个200英亩的牧马场的主人，并建造了一栋占地4000平方英尺的大房子。直到今天，他还保留着那篇儿时写的作文，并且把它镶在镜框里，挂在壁炉的上方。他告诉人们：无论多么困难，都不要让任何人偷走你的梦想。

有了愿望的石头，就能垒出梦想的城堡

一位叫薛瓦勒的法国人，他是一名乡村邮差，每天的主要任务就是徒步奔走在乡村的每一个角落送信。

有一次，当薛瓦勒兴致勃勃地赶路时，却不小心被一块石头绊倒在地。薛瓦勒爬起来后，拍拍身上的尘土准备继续赶路，可是他突然发现绊倒他的那块石头样子十分奇异。他弯腰拾起那块石头，左看右看，便有些爱不释手了。最后他索性把那块石头放进了自己的邮包里。

当他到达村子的时候，人们看到他的邮包里除了信之外，还有一块沉重的石头，感到很诧异，大家好意地劝他："把它扔了吧，你每天要走那么多路，这可是个不小的负担。"他却取出那块石头，得意地说："你们谁见过这样美丽的石头？"人们都笑了，说："这样的石头山上到处都是，够你捡一辈子的。"

赶了一天的路，他回家后疲惫地躺在床上。当他发呆的时候，脑海中突然迸出了一个念头：如果用这样美丽的石头建造一座城堡，那将会是多么迷人。于是，他开始在送信的途中寻找石头，每天总会带回来一块两块。没过多久，他便收集了一大堆奇形怪状的石头，但建造城堡还远远不够。

为了能够每次多带一些漂亮的石头回家，他开始推着独轮车送信，只要发现中意的石头就往独轮车上装。从此以后，他再也没有过上一天安逸的日子。因为白天的时候，他不仅是一个邮差，还是一个运送石头的苦力，晚上他又成了一个建筑师，他按照自己天马行空的想象来建造自己的城堡。他这样拼命地盖城堡，很多认识他的人都感到不可思议，有的人甚至认为他的精神出了问题。

没想到，在接下来的二十多年里，薛瓦勒不停地寻找石头，运输石头，堆积石头。慢慢地，在他的偏僻住处，出现了许多错落有致的石头建筑，当地人都知道有这样一个性格偏执、沉默不语的邮差，在干一些如同小孩子筑沙堡的游戏。

直到1905年，法国一家报纸的八卦记者偶然发现了这低矮的城堡，这里的风景和城堡的建筑格局都令他叹为观止。他为此写了一篇介绍薛瓦勒的文章，文章刊出后，薛瓦勒迅速成为新闻人物。许多人都慕名前来参观城堡，连当时最有声望的毕加索也专程前来参观薛瓦勒的建筑。

现在，这个城堡已成为法国最著名的风景旅游点之一，它的名字就叫作“邮差薛瓦勒之理想宫”。在城堡的石块上，薛瓦勒当年的许多刻痕还清晰可见，有一句话就刻在入口处一块石头上：“我想知道一块有了愿望的石头能走多远。”据说，这就是当年那块绊倒过薛瓦勒的石头。

梦想是一块电池，你需要用它补充能量

有这样一名年轻人，他从小就将“成为一名出色的赛车手”作为自己的梦想。有时候，他常常幻想自己开着赛车一路狂飙，最后站在领奖台的最高处。

但是，他并没有按照自己预期的计划成为一名职业赛车手，而是去服了军役。在接受各种军事训练之余，对于赛车痴心不改的他，就在笨重的卡车上磨炼驾驶技术，这为他的车技打下了坚实的基础。

退役后，他靠着自己的驾驶技能在一个农场做司机，驾驶的虽然不是梦想中的赛车，但他可以拿这份工作得来的收入去参加那些业余车队的训练和比赛。遗憾的是，几年过去了，他并没有获得像样的成绩。

有一次比赛时，他原本很有希望获得好的名次，然而不幸的是，他前面的两辆赛车发生了相撞事故，连他的车也被撞到了车道旁的墙壁上，并且车子还起了火。他的全身多处被烧伤，被送到医院后，经过7

个小时的手术，他保住了性命，然而他的体表烧伤面积达40%，他的手萎缩得像鸡爪一样，医生说他以后再也不能开车了。

但他并没有因此而灰心绝望，他对自己说："昨天已经成为过去，自己的未来正从当下开始。"为了能够重回赛场，他积极接受一系列的植皮手术。他每天忍着钻心的疼痛，用那双不完整的手不停地练习抓木条，就是为了恢复手指的灵活性。

在最后一次手术做完之后，他仍然坚持回到农场去开推土机，他想用这种方法使自己的手掌重新磨出老茧，以便可以继续练习赛车。

凭着良好的心态和顽强的毅力，在距离上次事故仅仅9个月的时间之后，他就重新返回到了他热爱的赛场，并在一次全程200英里的汽车比赛中荣获第二名。又过了两个月，在上次发生事故的那个赛场上，他赢得了250英里比赛的冠军！

他就是美国颇具传奇色彩的伟大赛车手吉米·哈里波斯。

梦想，
纸钢琴上弹出的乐章

有一个小男孩，家里十分贫穷。可是小男孩从小就有自己的梦想，那就是成为一个音乐家。事实上，音乐是富贵而高雅家庭的孩子才学得起的才艺，学习音乐所需要的大笔经费，是他们这种贫困家庭所承受不起的，仅仅是那一架昂贵的钢琴，都会让他对自己的爱好和梦想望而止步了。

然而男孩并没有退缩，仍然执着地沉迷于音乐。他先是自己动手，用纸板制作了一个模拟的黑白色的钢琴键盘，然后在那个纸板做的黑白键盘上，练习贝多芬的《命运交响曲》。纸键盘当然弹不出任何声音，男孩也自然听不到钢琴发出的美妙声音，但他仍然用心地弹奏着，仿佛那音乐震耳欲聋。

更让人不可思议的是，男孩在纸键盘上勤奋练习到十指都磨破后，居然开始尝试自己作曲。渐渐地，有人开始喜欢他的曲子，并愿意出钱购买。

一天，男孩用卖曲子挣来的钱买了一架钢琴，那是一架二手钢琴，破旧不堪，时常发不出声响，或者跑调。但男孩却如获至宝，他学着自己修理、调音，沉醉在自己的音乐世界里。男孩在作曲时常常走火入魔，有时在梦中醒来突然有了灵感，他就打着手电筒把曲子记录下来，父母看在眼里很是不理解。

二十岁时，男孩已经开始在德国和世界的乐坛上腾飞了，并最终成了好莱坞著名的电影音乐创作人，在第67届奥斯卡颁奖大会上，他以闻名于世的动画片《狮子王》主题曲荣获了最佳音乐奖。他就是汉斯·季默，一位自学成才的音乐大师，曾经依靠用纸板做的钢琴练习音乐，终于练出了一项属于自己的桂冠。

梦想——心灵先到达那个地方

在美国西部的一个小乡村里，生活着一个平凡的少年，少年的家境很贫寒，但他的理想却是远大的。15 岁那年，少年就写下了他气势不凡的《一生的志愿》：“到尼罗河、亚马孙河和刚果河探险；登上珠穆朗玛峰、乞力马扎罗山和麦金利峰；驾驭大象、骆驼、鸵鸟和野马；探访马可·波罗和亚历山大一世走过的道路；主演一部《人猿泰山》那样的电影；驾驶飞行

器起飞降落；读完莎士比亚、柏拉图和亚里士多德的著作；谱一部乐曲；写一本书；拥有一项发明专利；给非常贫困的孩子筹集 100 万美元捐款；……”

少年一共列出了 127 项人生的宏伟志愿，亲人和朋友们看到他的这些理想，都不禁哑然失笑：这些理想，一个人的力量是根本不可能实现的。

然而少年却始终为这些志愿所努力着。他开始了将梦想转为现实的漫漫征程，一路风霜雨雪，硬是把一个个近乎空想的夙愿，变成了一个个活生生的现实，

他也因此一次次地品味到了搏击与成功的喜悦。

四十多年过去了，少年居然一个人实现了《一生的志愿》中的 106 个愿望……这一奇迹举世震惊。他就是 20 世纪著名的探险家约翰·戈达德。

后来，有人询问戈达德，为什么他能将常人无法实现的愿望一一实现，戈达德的回答很简单："我只是让心灵先到达那个地方，随后，周身就有了一股神奇的力量，接下来，就只需沿着心灵的召唤前进了。"

back to school
123
A+
ABC

第四辑

追求进步

拓宽生命道路

第三只小板凳

爱因斯坦是近现代最伟大的科学家之一。

爱因斯坦小时候，有一次手工课上，老师布置了家庭作业。爱因斯坦决定制作一只小木凳。

第二天上学的时候，其他同学都向老师交上了自己的手工作品，有用泥土捏的小鸭子，有用卡纸折叠的郁金香……只有爱因斯坦交不出来。他急得满头大汗。于是，老师允许他迟一天再交。

第二天，爱因斯坦交给老师的是一只制作很粗糙的小木凳。老师十分不满意地对着全班同学说："你们有谁见过这么粗糙的凳子吗？"同学们纷纷摇头。老师又看了看爱因斯坦，生气地挖苦道：

“给了你多一天的时间来完成作业，可是，我想世界上不会有比这个更差的凳子了。”教室里一阵哄笑。

爱因斯坦的脸红红的，却肯定地对着老师说：“有的！”

教室里一下子静了下来。他走回自己的座位，从书桌下拿出两个更为丑陋的小木凳，说：“我左手的是制作出来的第一只小木凳，右手的是制作出来的第二只小木凳，刚才我交给老师的是第三只凳子。虽然它并不能使您满意，可是比起这两只总还是要强些。”

这回大家都不笑了。老师若有所思地望着爱因斯坦，同学们则向他投来敬佩和赞许的目光。

一次进步两厘米

海洋馆里生活着很多可爱的动物，它们中有一条重达 8 600 千克的大鲸鱼。当海狮直立在台上，随着训练员的哨声做着顶球的动作时，鲸鱼就羡慕地对其他动物说："哇，海狮好厉害啊！它的两只大鳍可以像脚一样稳稳地立在地上。它的鼻子好灵活啊！能将圆溜溜的球顶在鼻子上，我也想把皮球顶在鼻子上，可是皮球就是不听话……哇，海豚在玩翻跟头，好棒啊！它们能在空中翻跃，动作潇洒地入水，像跳水运动员一样。"

一个训练员路过大鲸鱼的身边，仿佛听懂了它的话，训练员若有所思地走开了。到了下午训练的时间，这位训练员把绳子放在水下，示意大鲸鱼从绳子上面游过。如果大鲸鱼从绳子的上面通过，就会得到一条小鱼。大鲸鱼渐渐地找到了窍门，每通过一次，它就能得一条新鲜美味的小鱼，而且每一次得到的鱼都会比上一次的稍微大那么一点点。

当大鲸鱼逐渐适应了这个高度后，训练员悄悄地把绳子的高度调高一点点，只不过调高的幅度很小，大约只有两厘米。这样，第一次的时候，大鲸鱼用原先的力量没有越过，经过几次尝试后，它有了经验，比以前使的力气稍微再大一点，它就超过了绳子。在它越过绳子之后，训练员高兴地拍了拍它的身体，然后从身上挂着的装备里拿出一条新鲜的小鱼奖励给大鲸鱼，大鲸鱼开心地左摇右摆，在训练池里游来游去，高兴得像个顽皮的小孩子。

又到了一年一度的海洋馆动物明星大联欢了，海洋馆贴出的海报上，出现了一条新的内容，说今年的动物明星会给大家带来全新的惊喜，请拭目以待。大家都很好奇，今年新推出的动物明星会是谁呢？观众们早早地买票进场，偌大的场馆里座无虚席。

在大家期待的目光中，大鲸鱼和它的训练员上场了。随着观众热烈的掌声，大鲸鱼信心十足，它在训练员的哨声中一下子跃出水面，旁边的标尺显示高度为 6.6 米，现场的观众发出了一阵阵惊呼，“真是一个了不起的高度！”“这条大鲸鱼太神奇了！”“它有 8 600 千克，可是它却像海豚一样灵活……”

在大家的欢呼声和掌声中，大鲸鱼看着这段时间与它朝夕相处的训练员，觉得自己幸福极了。

思路决定出路

故事一：

很久以前，有个老人和儿子相依为命，生活在一个偏僻的乡村里。这个乡村很闭塞，而且贫穷落后，老人和儿子在这里过着穷困的生活。

有一天，有个人对老人说："老伯，我带您的儿子去城市里工作吧，这样他就能多赚些钱！"老人不愿意让儿子离开自己的身边，因而怒气冲冲地拒绝了那个人的请求。那个人没有气馁，继续问老人："如果我保证让您的儿子娶洛克菲勒的女儿当妻子，您愿意让我带他去城里工作吗？"

老人虽然闭目塞听，但也知道洛克菲勒是大名鼎鼎的石油大王，为此老人怦然心动，答应了那个人的请求。

那个人把自己打扮得西装革履，然后去拜访洛克菲勒。见到洛克菲勒之后，他问洛克菲勒："洛克菲勒先生，我知道您的女儿待字闺中，您愿意把女儿嫁给我推荐的年轻人吗？"洛克菲勒觉得莫名其妙，当即呵斥那个人离开。

那个人不愠不火，又问洛克菲勒："那么，您愿意把女儿嫁给世界银行的副总裁吗？"

听到这句话，洛克菲勒明显表现出感兴趣的样子，最终对那个人说："如果他真的是世界银行的副总裁，我可以考虑一下。"

得到洛克菲勒的许诺，那个人兴致勃勃地去找世界银行的总裁。他问总裁："您愿意马上任命我推荐的年轻人当副总裁吗？"

总裁摇摇头，说："我已经有足够多的副总裁了，为何要马上再任命一个副总裁，而且还要任命你所推荐的人呢？"

那个人气定神闲，问总裁："假如我说的这个人是石油大王洛克菲勒的女婿呢？您能考虑马上任命他当你们银行的副总裁吗？"

听到洛克菲勒的大名，总裁马上答应了那个人的请求。

就这样，在那个人的不懈努力下，原本是一个乡下穷小子的年轻人，摇身一变成为世界银行的副总裁，还成了洛克菲勒的女婿，人生发生了翻天覆地的变化。

这个故事未必是真实的，但给我们的启示却是深刻的。在人生道路上，很多人都因为局限于思维而故步自封，导致人生的发展受到限制。如果能够把思想的界限打开，别出心裁地转换思维，再配以脚踏实地的行动，很可能会收获完全不同的结果。

故事二：

穷小子变身洛克菲勒女婿和世界银行副总裁的故事也许纯属虚构，可其中的智慧启发了很多人。现实中也确实有类似的例子，比如美国福茂集团董事长赵锡成和女儿赵小兰的真实经历。

赵小兰是美国历史上第一位华裔内阁部长，而且是二战后唯一一位连任两届、任满八年的劳工部长。

赵锡成一家是与白宫最亲密的华人家庭，经常受邀参加美国总统在白宫招待中国领导人的国宴。

赵锡成刚到美国创业时，成立了一家航运公司，但实际上他一条船也没有，他从中间人生意开始做起。赵锡成到美国农林部争取订单，虽然被许多人批评和嘲笑，认为他好高骛远，但通过不断努力，他终于成功了。他还把联合国难民署发展成客户，为难民署运输援助物资。

1975 年，赵锡成希望扩大公司规模，刚走出校门的女儿赵小兰给他起草了计划，这个计划就像洛克菲勒女婿的故事一样精彩，区别是这是真的，而且成功了。

赵小兰的计划中，他们先和当时全球第二大谷物公司柯克签订长期租船合同，然后拿合同找美国银行贷款，因为有合同，美国银行愿意贷款给他们，他们再拿贷款向日本船厂定制轮船，最后再找全球最大的保险公司劳埃德做风险投保。

赵小兰的计划环环相扣，容不得一丝差错，无论哪一个环节出问题，都会导致全盘皆输，可想而知，他们一定遇到无数困难。但他们最终将方案变成现实，从日本订购了三艘 1.7 万吨的大型货轮，公司实力大增，实现了质的飞跃。

到 90 年代，赵锡成的公司成为美国航运界最大的企业之一，赵锡成赢得“华人船王”的美誉。2004 年 5 月，在纽约联合国总部，他还被列入“国际航运名人堂”。

外人无从知晓赵小兰是否也是看了那个洛克菲勒女婿的故事得到了启发，不过她和她的父亲正是按照这种思路，成就了一番事业。

天道酬勤

曾国藩是中国历史上最有影响力的人物之一，然而他小时候的天赋却并不高。有一天曾国藩在家读书，一篇文章不知道重复读了多少遍了，还在朗读，因为他还没能背下来。

这时候他家来了一个贼，潜伏在他家的屋檐下，希望在这个读书人睡觉之后捞点好处。可是等啊等，就是不见他睡觉，还是翻来覆去地读那篇文章。贼人大怒，跳出来说："这种水平读什么书？我听你读几遍就会背了！"然后将那文章背诵一遍，扬长而去！

贼人是很聪明，至少比当时的曾国藩要聪明，但是他只能成为贼，而曾国藩却成为毛主席都钦佩的人——近代最有"大本夫源"的人。

"大本夫源"是指伟大的成功和辛勤的劳动是成正比的，有一分劳动就有一分收获，日积月累，从少到多，奇迹就可以创造出来。勤能补拙是良训，一分辛苦一分才。那贼的记忆力真好，文章只听几遍就能背下来，而且很大胆，见别人不睡觉居然跳出来训斥对方，还将文章背诵了一遍。但是遗憾的是，他名不见经传，曾国藩则用持之以恒的勤奋换得了非凡的成就，名垂青史。

学会分解目标

1984年，日本举办了东京国际马拉松邀请赛，在这次比赛中，原本名不见经传的山田本一获得了冠军，让很多人都感到十分惊讶。为此，记者们都来采访山田本一。山田本一看起来矮小瘦弱，但马拉松比赛要靠超强的体能和耐力取胜，为此，记者们问山田本一凭什么取胜。山田本一想了想，说“凭着智慧取胜”。听到山田本一的回答，记者们都很不满意，马拉松和智慧有什么关系呢？哪怕是聪明绝顶，如果没有体力和耐力，只怕也无法取胜吧。

没过几年，意大利米兰作为主办城市，举办国际马拉松邀请赛。原本，被人们误认为是侥幸取胜的山田本一再次赢得冠军，这次记者们感到更疑惑了：如果说山田本一此前是侥幸取胜，那么这次就没有理由获得冠军了！记者们再次问了山田本一同样的问题，没想到山田本一的回答还是“凭着智慧取胜”。人们对于这个回答依然百思不得其解。

直到十几年后山田本一出版了个人自传，人们才知道，山田本一当年所说的“凭着智慧取胜”是什么意思。原来，山田本一每次参加马拉松比赛之前，都会乘车熟悉比赛的路线。他把道路上的各种有特点的物体，当作赛程的标志物，由此把漫长的赛道划分为很多短赛道。发令枪一响，山田本一就以最快的速度奔向第一个标志物，等到达第一个标志物之后，他受到很大的鼓舞，马上又开始以第一个标志物为起点，以最快的速度奔向第二个标志物。很多参加马拉松比赛的选手因为终点太遥远，跑了没多久就懈怠了，而山田本一却每过一段时间就能到达小小的终点，然后再以终点为起点，继续竭尽全力向前奔跑。在每一段短途赛道内遥遥领先的山田本一，最终第一个到达终点也就不足为奇了。

贪图安逸的代价

深冬，野猪在森林里饱受难以觅食的艰辛，于是想起自己的远房亲戚——家猪，心想着：“做家猪可真好啊！吃喝有人伺候，而且除了吃就是睡觉与作乐，那样的生活不正是我所向往的吗？”不过它马上又清醒了，“有人供吃供喝固然不错，但也是有代价的，那就是长大长肥了就得被宰。人类养猪不就是为了吃肉吗？”想到这里野猪打了个寒战，紧接着是对家猪的同情，自己觅食固然辛苦，但保住小命更为重要啊。

然而在饿了三天之后，野猪又动摇了：“家猪之所以被杀，那是因为它没有反抗能力，而我不一样啊。我身体强壮，又有锋利的獠牙，何不混在家猪那里先吃上一个冬天，到时候再逃出去也未尝不可啊。”

当晚，它轻易地跳进了猪圈。整整一个冬天，野猪和其他家猪一样吃了睡、睡了吃，日子过得好不安逸！

快过年了，农户发现了野猪，膘肥体壮，肉味一定比一般的家猪鲜美，于是准备第二天宰杀野猪。

野猪感受到了危机，决定在前一天晚上逃命。然而此时的它已经跳不过猪圈的围栏了——几个月的安逸和暴食，加上没有往日在山中的跋涉磨炼，它已经失去了敏捷的行动能力，只好任人宰割。

过于自满就是故步自封

从前，有一个西方国家的国王添了一个可爱的王子。在孩子洗礼的那天，有12个仙女受上帝的派遣前来祝贺，每一个仙女都带来了一份珍贵的礼物。

第一个仙女带来的是智慧，国王高兴地收下了。第二个仙女带来的是高贵，国王同样高兴地收下了。第三个带来的是力量，第四个带来的是财富，第五个带来的是英俊，第六个带来的是亲情，第七个带来的是健康，第八个带来的是朋友，第九个带来的是爱情，第十个带来的是知识，第十一个带来的是关怀。但是，到了第十二个的时候，国王愣住了，因为她带来的礼物是“不满”。

国王认为，我的儿子什么都不缺少，要什么有什么，怎么能够让他有不满呢？他毫不犹豫地拒绝了第十二个仙女的礼物，国王甚至对这个仙女不太客气。

王子渐渐长大了，继承了王位的他英俊潇洒、性格温和、身体健康。但是，在他的心里，却没有那种因为不满而产生的追求未来的雄心大志，没有因为不满而产生的要建功立业的抱负。对于已拥有的一切都满意，再平庸的大臣他也没有什么不满的，脑袋里从来不考虑改变、创新、励精图治。在他自我感觉良好的影响下，大臣们惰性十足、不思进取，很快他的国家落后了，穷困了，不久便被强大的邻国吞并了。

在他的国家被消灭的时候，老国王仍然在世。面对灾难，老国王幡然悔悟：拒绝了不满，对于儿子来说才是最惨痛的教训。

会跳舞的壶盖

詹姆斯·瓦特是英国著名的发明家，他出生于1736年，从小便是一个聪明懂事的好孩子。

有一天，爸爸带着小瓦特到朋友家做客。朋友高兴极了，连忙烧水沏茶，与瓦特爸爸聊了起来，小瓦特便坐在炉子边听大人们讲话。炉子上的水壶渐渐热了，随着沸腾的水花，壶盖被水蒸气顶得“啪啪”直响，不停地向上跳动。

小瓦特对此产生了强烈的好奇心，他目不转睛地盯着壶盖，琢磨了好一会儿，想不出其中是什么道理，便打断大人们的谈话，问道：“爸爸，为什么水开了壶盖就会跳动呢？”爸爸看了一眼满脸认真的小瓦特，无奈地解释说：“水开了壶盖自然会向上跳啊！”“可是，壶盖为什么会向上跳呢？是什么东西把壶盖顶上去的呢？”小瓦特很疑惑。

爸爸回答不出小瓦特的问题，只好让小瓦特到院子里去玩耍。小瓦特哪有心思去玩耍啊，他整个脑袋都在想着刚才的问题。

回到家里，一连几天小瓦特都坐在炉子边仔细观察。每当水快开时，他就打开壶盖，只见水中一串串气泡直往上翻腾，然后变成蒸汽冒出水面，冲出壶口。小瓦特又盖上壶盖，蒸汽冒不出来了，攒足了力气要往外冲，这时，壶盖就被掀得直往上跳。

“哦，我明白了！”小瓦特手舞足蹈，又跳又蹦，冲进爸爸的书房。“原来是蒸汽使得壶盖向上跳！小瓦特把自己的发现告诉了爸爸。爸爸不禁欣慰地笑了，直夸小瓦特是一个爱动脑筋的好孩子。

接着，小瓦特又想，水壶里的蒸汽能推动壶盖，说明它有一定的向上的力量，如果用一个更大的锅来烧开水，产生的蒸汽就会更多，不就可以推动更重的物体了吗？在爸爸的鼓励和支持下，小瓦特开始学习和研究机械制造技术。经过多年的试验后，瓦特终于发明了先进的新式蒸汽机。

back
to school
123
ABC
A+

第五辑

坚毅抗挫

迎接命运的挑战

1885 次拒绝

国际影星史泰龙未成名以前，是一个贫困潦倒的穷小子。当时他身上只剩下 100 美元，而他的理想是要成为电影明星。于是，他挨家挨户地拜访了好莱坞所有电影制片公司，寻找演出的机会。

好莱坞总共有 500 家左右的电影公司，史泰龙逐一拜访过后，没有任何一家电影公司愿意录用他。史泰龙面对 500 次冷酷的拒绝，毫不灰心。他回过头来，又从第一家开始，挨家挨户地自我推荐。

第二轮的拜访，这 500 家电影公司当中，又有多少家愿意录用他呢？答案是，500 家都拒绝了他，仍然没有任何人愿意给机会让他尝试。

史泰龙坚持自己的信念，将 1 000 次的拒绝，当作绝佳的经验，总结失败的教训后，鼓励自己又从第一家电影公司开始。这一次他不仅争取演出的机会，同时还向对方推荐自己苦心撰写的剧本。

第三轮带着剧本努力推荐，史泰龙有没有成功呢？答案还是一样，好莱坞的电影公司仍然全都拒绝了他。

史泰龙总共经历了 1 885 次无情的拒绝和无数的冷嘲热讽，最后，终于有一家公司愿意采用他的剧本拍摄电影，并聘请他担任男主角。

这部电影就是《洛奇》——一部荣获奥斯卡最佳影片等多项大奖的电影。从此以后，史泰龙的每一部影片都十分受欢迎，奠定了他国际巨星的地位。

从身上仅剩 100 美元的穷小子，到每部电影片酬都超过 2 000 万美元的超级巨星，史泰龙凭借坚强的意志和不懈的努力，实现了自己的人生理想。

忘记过去，重新开始

英国史学家卡莱尔费尽心血，经过多年的努力，总算完成了《法国大革命史》的全部文稿。他将这部巨著的原件送给他的朋友米尔阅读，请米尔批评指导。

谁知隔了没几天，米尔脸色苍白、浑身发抖地跑来，向卡莱尔报告了一个令人崩溃的悲惨消息。原来，《法国大革命史》的原稿，除了少数几张散页外，全被他家里的女佣当作废纸，丢入火炉化为灰烬了。

卡莱尔宛如遭受晴天霹雳，因为这是他花费很长时间、呕心沥血撰写的《法国大革命史》。当初他每写完一章，都觉得是最完美的成果，如今终于大功告成，却遭遇如此挫折。

三天后，卡莱尔痛定思痛，决定振作精神，重新开始写作。后来他说："这一切就像把作业交给老师批改时，老师对我说'不行！孩子，你一定要重新写更好一些！'一样，我要重新写出更好的《法国大革命史》。"

我们现在所读到的《法国大革命史》正是卡莱尔

重新写的版本。

人生有时会遭受突如其来的意外和打击，可能会让你很痛苦，甚至绝望。普通的人很容易被挫折打击得萎靡不振，坚毅的人则愈挫愈勇。当你能够接受既成的事实，并坚强地重新开始时，你就已经在向新的成功迈进了！

勇敢的老鹰

据说，在鸟类中，寿命最长的是老鹰，它的年龄可达70岁。但是如果想活那么长的寿命的话，它就必须在40岁的时候做出艰难而重要的抉择。

当老鹰活到40岁时，它的爪子开始老化，不能够牢牢地抓住猎物，并且它的喙（huì）会变得又长又弯，几乎能够碰到胸膛，同时它的翅膀也会变得十分沉重，使它在飞翔的时候非常吃力。在这个阶段，它只有两种选择：要么等死，要么就经历一个十分痛苦的过程来蜕变和更新，这样才能够继续活下去。

这是一个漫长的过程，它需要150天的漫长锤炼，而且必须很努力地飞到山顶，在悬崖的顶端筑巢，然后停留在那里不能飞翔。

首先，它要做的就是用它的喙不断击打岩石，虽然十分疼痛，但必须坚持击打直到旧喙完全脱落，然后经过一个较漫长的过程，静静地等候新的喙长出来。之后，它还要经历更为痛苦的过程——用新长出的喙把已经钝化的指甲一根根拔出来。当新的指甲长出来后，老鹰再把旧的羽毛一根一根地拔掉，等待5个月后长出新的羽毛，这时候，老鹰才能重新开始飞翔，并再度过30年的岁月。

我竟然还有一个苹果

在非洲的一个大沙漠里，一场突如其来的风暴使一位旅行者迷失了前进的方向。更可怕的是，旅行者装水和干粮的背包也被风暴卷走了，这让他陷入了绝望之中。他翻遍自己身上所有的口袋，只找到了一个青青的苹果。“啊！天哪！我竟然还有一个苹果！”旅行者惊喜地叫着。

他紧握着那个苹果，独自在沙漠中寻找出路。每当干渴、饥饿、疲乏袭来的时候，他就看一看手中的苹果，抿一抿干裂的嘴唇，告诉自己：“不要怕，我还有个苹果呢！”内心不禁又多了一丝希望，陡然增添了不少力量。

一天过去了，两天过去了。第三天旅行者终于走出了荒漠。那个他始终未曾咬过一口的青苹果，已经干瘪了不少，他却仍然当个宝贝似的一直紧攥在手里。他无时无刻不在心里告诉自己：“我至少还有一个苹果！”

旅行者从非洲回来后，想到了自己那个可怜的孩子——一个因头颅畸形而致残的婴儿。在沙漠中的经历让他大彻大悟：身体残疾的孩子不就是我的“苹果”吗？

他开始后悔之前的所作所为，在儿子降生时，他曾因为儿子身体拥有巨大的缺陷，差点将儿子扔掉。当医生给儿子做手术时，他竟暗自祈祷手术失败。他还一度想把奶水换成糖水，让自己的骨肉自然衰竭而死。然而，头颅残疾的婴儿偏偏极其顽强地存活了下来。

现在他终于意识到，孩子虽然不算健康，但一样也是生命的希望啊。他觉得孩子一定也会有自己独到的才能、特别的将来。

此后几年里，他给孩子做了包括绘画、棋类等多种测试，均无建树。一天，当他唱歌给孩子听时，小家伙居然跟着哼了起来，头也随着音律不停地摇动。“天哪！这个孩子喜欢音乐，我终于发现他的长处了！”他如痴如狂地大叫起来。

为了培养孩子的乐感，他录下了许多大自然的声音，让儿子聆听，教他辨别音律。多年以后，没想到自幼吸收天籁之音的儿子，居然成了有名的作曲家，他的曲子可以治疗失眠症，所以畅销日本。

后来这位父亲一边照顾残疾儿子，一边潜心创作，持续了 40 年。这位伟大的父亲就是日本著名作家、诺贝尔文学奖获得者大江健三郎。

台阶和佛像

人们在山顶上修建了一座庙宇来供奉神佛。

庙宇建好以后，人们挑选了一块非常大的花岗岩，进行切割后，一部分用来做庙宇门前的台阶，另一部分用来做佛像。

寺庙建好后，前来供奉的人络绎不绝，香火极旺。

一天夜里，台阶心里很不舒服，于是对佛像说："你我本是同一块石头上的，为什么现在我要做台阶让人每天踩踏，而你却高高在上，受人恭拜呢？"

佛像叹了口气对台阶说："你只经历了几刀便成了台阶，而我却是经历了'千刀万剐'才被雕刻成佛像的。"

这个故事告诉我们，不要只看到别人当下的风光，而不去关注他背后付出的努力和承受的磨炼。同样，对于我们自己来说，要想取得令人瞩目的成就，必须付出超出常人的努力、接受困难和失败的磨炼。

成功就在下一次努力中

有一次，苏格兰的布鲁斯国王与英格兰军队打仗。他被打得落花流水，只得在一间不易被发现的破茅屋里躲避追捕。

他带着失望与悲哀躺在柴草床上，这时，他看见一只蜘蛛正在结网。为了给自己取乐，并看看蜘蛛是如何对付挫败的，国王毁坏了它将要完成的网，想看着蜘蛛和自己一样绝望。

对此，蜘蛛仿佛并不在意，立刻继续工作，开始再结一个新网。即将完成时，苏格兰国王又把它的网破坏了，蜘蛛又开始结另一个网。

国王开始感到惊奇。他自言自语地说：“我已被英格兰的军队打败了6次，我是准备放弃战斗了。假使我把蜘蛛的网也破坏6次，它是否会放弃它的结网工作呢？”

他接连6次毁坏了蜘蛛的网。蜘蛛对这些灾难毫不介意，开始结第7个网。国王因这只小动物而大受启发，鼓起了勇气，继续奋斗，从英格兰人的手里解放他的国家。他召集了一支新的军队，很谨慎而又耐心地进行准备，终于打胜了一次重要的战役，把英格兰人赶出了苏格兰。

失败往往是通往成功道路上的垫脚石，是黎明前的黑暗。对待失败，如果悲观消极，在失败中沉沦，就会彻底沦为失败的奴隶。失败是成功之母，它需要我们在失败中不断总结经验教训，以便迎接新的挑战，这样，成功往往就在下一次的努力之中！

蝴蝶的挣扎

有一个小男孩儿，在公园里的树枝上，看到一个蝴蝶的茧。他发现这个茧上面有个小裂缝，就坐下来观察它。茧中的蝴蝶挣扎着要从小孔里把身体挤出来，但几个钟头过去了，蝴蝶看起来已经尽了最大力气，却仍然挣脱不出来。

这个小男孩儿决定帮蝴蝶一把。他拿了一把剪刀，轻轻地把茧剪开，蝴蝶很容易就脱身了。但奇怪的是，这只蝴蝶身体臃肿，翅膀畸形地皱缩在一起，似乎飞不起来。

小男孩儿继续观察蝴蝶，他希望能看到蝴蝶的翅膀变大张开，把身体撑住飞起来。但事与愿违，这只蝴蝶一直用臃肿的身体和畸形的翅膀爬行着，它根本无法飞起来，不久就死了。

小男孩儿在同情心的驱使下，自以为帮了蝴蝶的忙，却不知蝴蝶必须经过痛苦的挣扎，通过钻出茧上小孔的困难过程，来迫使身体里的体液流到翅膀里，让翅膀被撑开，才能在脱离茧壳后展翅飞翔。

经历脱茧而出前的挣扎，正是蝴蝶成长所必须经历的过程。此时帮助蝴蝶脱困反而是害了它。

我们人类有时也是这样。挫折、困顿和挣扎是每个人在成功前必须独立通过的考验，任何一个想成功的人都无法跳过这一步，那些毫不费力得到的东西，并不能真正帮助自己获得真本领。

下一次就是你

有一个女孩儿对足球十分痴迷，一个偶然的机会，她被父母送到了体校学习踢足球。

在体校，女孩儿并不是一个很出色的球员，因为此前她没有受过规范的训练，踢球的动作、感觉都比不上先入校的队友。

女孩儿上场训练踢球的时候常常受到队友们的奚落，说她是“野路子”球员，女孩儿为此情绪一度很低落，因为每个队员踢足球的目标就是进职业队打主力。当时，职业队经常去体校选后备力量，每次选人，女孩儿都卖力地踢球，然而终场哨响，女孩儿总是没有被选中，而她的队友已经有不少人陆续进了职业队。

没选中的也有人悄悄离队，女孩儿也有些动摇了。教练总是安慰她说：“名额不够，下一次就是你。”天真的女孩儿似乎看到了希望，树立了信心，继续努力地训练下去。

一年之后，女孩儿仍没有被选上，她实在没有信心再坚持下去了。这天，她没有参加训练，而是告诉教练：“看来我不适合踢足球，我想读书，想考大学。”教练见女孩儿心意已定，默默地看着她，什么也没说。

然而，第二天女孩儿却收到了职业队向她抛出的橄榄枝。她激动不已地立马前去报到。其实，她骨子里还是喜欢着足球的。女孩儿高兴地跑去找教练，她发现教练的眼中同她一样闪烁着喜悦的光芒。教练这次开口说话了：“孩子，以前我总说下一次就是你，其实那句话不是真的，我是不想打击你，不想说你的球技还不够精湛，我是希望你一直努力下去啊！”女孩儿一下子什么都明白了。

在职业队受到良好的训练和实战的磨炼后，女孩儿充满信心，她很快便脱颖而出。她就是我国获得“20世纪世界最佳女子足球运动员”称号的球星孙雯。

后来，孙雯讲述这段往事时感慨地说：“一个人在低谷中徘徊，其实就是黎明的前夜，感觉自己坚持不住的时候，只要你坚持一下，再坚持一下，前面肯定是一道亮丽的彩虹。”

“下一次就是你”，不仅给了我们希望，也说明我们在某些方面还有缺陷，仍需努力。常言说，“磨刀不误砍柴工”，只要不断充实、完善自己，时刻准备着，在逆境中不放弃，再坚持一下，那么，下一次见到彩虹的可能就是你。

屡战屡败，那就屡败屡战

在美国，肯德基的创始人哈兰·山德士创建肯德基的故事颇为励志，他曾经历 1 009 次失败，却从不放弃。他说："人生哪怕屡战屡败，但只要有一次成功就够了。"

哈兰·山德士有着坎坷的前半生。童年时期父亲离世、母亲改嫁，在其他孩子上 6 年级的时候就辍学出去工作，担负起家庭的重任和自己的人生。之后，山德士换过各种不同的工作，却都不甚如意，直到 40

岁的时候工作才比较稳定，事业才算开始。

40岁的山德士，在美国肯塔基州开了一家加油站。不忍看到来加油的客人每次都是饥肠辘辘地来又饥肠辘辘地离开，山德士决定做点方便的食品提供给过往客人。于是，山德士开起了自己的餐厅，并推出了特色食品——炸鸡。炸鸡味道鲜美、口味独特，迅速成为广大客户热捧的一款食品。山德士的炸鸡从此扬名在外，以至于很多的客户都不是为了来加油，而是为了来吃加油站的炸鸡。随着时间的流逝，餐厅经营得越来越好，规模也越来越大，名声也越来越好，人们都亲切地称呼他为“亲爱的山德士上校”。山德士初次感受到了成功带来的喜悦和兴奋，甚至觉得下半生只要继续这样下去就很满足了。

但是二战的爆发给山德士带来不小的打击，完全破坏了山德士原本安逸的生活，没有了加油站，又失去了自己的餐厅，他只能变卖所有的财产去还债，从此山德士又变成了一个一无所有的穷老头。

失去了一切的山德士，虽然处于生活如此窘迫的困境，却依然没有放弃对人生的追求。为了摆脱这样的困境，山德士思索出自己目前最大的价值就是炸鸡，这是山德士最大的无形资产。于是山德士萌生了把炸鸡秘方卖给其他饭店老板，并为购买了炸鸡秘方的饭店老板提供技术服务的想法——每卖一只炸鸡，山德士就能得到 5 美分。既然成功了第一次，那来第二次为何不可？山德士带着这样的想法，要把山德士炸鸡拓展开来，把这个作为自己第二次创业的目标。

说干就干，他带着一个压力锅，一个 50 磅的作料桶，开着他那老福特汽车启程了。身穿白色西装，打着黑色蝴蝶结，一身绅士打扮的白发苍苍的山德士，走遍了每一家饭店，从肯塔基州到俄亥俄州，兜售山德士炸鸡秘方，不遗余力地给老板和店员展示炸鸡的制作工艺，如果他们喜欢他的山德士炸鸡，便可以卖给他们特许权。但整整两年的时间，没有人相信他，他被无情地拒绝了 1 009 次，终于在第 1 010 次走进一家饭店时，得到了一句“好的”的回答。1952 年，盐湖城第一家被授权经营的肯德基餐厅正式营业了，这就是世界上餐饮加盟特许经营的开端。

成功的曙光不是那么容易被发现，在创业的道路上，缺乏异于常人的毅力，没有坚如磐石的心，是很难取得成功的。哈兰·山德士正是拥有这种可贵的品质——毅力与信心。当他敲开第 1 010 家餐厅的大门时，属于他的时代开启了，可谓苦尽甘来，岁月不负有理想、敢于拼搏的人。

在苦难中坚守信念

我国宋代大文学家范仲淹自幼就失去了父亲，他的母亲为了使自己儿子得以生存下去，不得不改嫁到长山的朱家。

范仲淹长到十几岁时，才知道这个父亲并非自己的亲生父亲。小仲淹觉得自己堂堂七尺男儿改了别人的姓是一种屈辱，说什么也要恢复自己原来的“范”姓，因此，他和养父之间产生了矛盾。从家出来之后，他住进了长山醴泉寺的僧房里，坚持不懈，昼夜苦读。

寺庙里的日子是十分清苦的，而年仅十几岁的范仲淹正是长身体的时期，饭量特别大，每次吃饭时，他端起碗来，仅几口就把饭扒得精光，还没到下一顿就已饿得头晕眼花，所以看书时根本无法集中精力。怎么办呢？思来想去，他想出了一个办法，每天早晨煮好一锅稀粥，等到放冷了凝结成粥块之后，就用刀在上面划个十字，切成四块，早晚饭各吃两块，而下饭的菜呢，更加简单，仅切一点咸菜末儿就行了。

范仲淹在醴泉寺住的这段时期里读了很多书，懂得了许多道理，长了不少知识。为了开阔眼界，增长自己的学问，三年过后，他不远千里来到当时的“南都”应天府（现在的河南商丘），进了当时很有名气的南都学舍，拜著名学者戚同文为师。起初，他仍像在醴泉寺时一样每天早晚还能有稀粥可吃，可后来连稀粥也供不上了。每当太阳落山时，他才胡乱吃点东西，算是一天的饮食。可是他从来没有为吃饭这些问题分心，而是在学习上更加勤奋刻苦了。他为自己制订了周密的学习计划，每天不完成计划绝不睡觉。到了严寒的冬夜里，每当学习感到厌倦时，他就用冷水洗脸，提提精神。学习环境虽然艰苦，可是范仲淹却从没想过放弃努力。

范仲淹就是这样凭着一种坚定的信念，十几年如一日，每日勤学苦练，后来终于取得了非凡成就，成为北宋著名的政治家、军事家和文学家。

最好的搀扶是不扶

小马驹刚生下来时非常脆弱，它使劲地支撑前肢，力图站起来，但很快就倒下了。起来，倒下，又起来，又倒下，一次又一次。

这时，母马会走上前去，用鼻子对着湿漉漉的马驹喷出气来。小马驹嗅到母亲的气味就更加用力了，两条后腿也支了起来，四条腿弯弯地叉开着，然后重重地摔倒。

这样反复几次，小马驹终于站住了，并向妈妈走出几步，接着又是摔倒。而那母马看到小马驹向它走去时，不是迎接，而是向后退，小马驹贴近一步，它就后退一步。只有小马驹倒下了，它才靠近一步。

有人见母马故意折腾小马驹，让这么小的生命遭罪，就想过去搀扶一把。

养马人却拦住了他，说："不能扶，一扶就坏了。一扶，这马就成不了好马了，一辈子都是熊货！"

在人生中，摔打、跌倒等磨难常常是生命中必须独自体验和经历的过程。若逃避这个过程，你就永远成不了“好马”，更成不了“千里马”。

生活中，有人总是习惯于在别人“跌倒”时伸出搀扶之手，以为这是在帮助别人。其实，不扶，让他自己站起来，往往是最好的搀扶。

这个道理连母马都懂，但我们人类却常常犯糊涂。生命中难免会经历各种困难和挫折，只有勇敢地站起来，才能靠自己走出一片新天地。

渔王的儿子

有个渔人有着一流的捕鱼技术，被人们尊称为“渔王”。然而“渔王”年老的时候非常苦恼，因为他的三个儿子的渔技都很平庸。

于是他经常向人诉说心中的苦恼：“我真不明白，我捕鱼的技术这么好，我的儿子们为什么这么差？”

“我从他们懂事起就传授捕鱼技术给他们，从最基本的东西教起，告诉他们怎样织网最容易捕捉到鱼，怎样划船最不会惊动鱼，怎样下网最容易请鱼入瓮。他们长大了，我又教他们怎样识潮汐，辨鱼汛……凡是我长年辛辛苦苦总结出来的经验，我都毫无保留地传授给了他们，可他们的捕鱼技术竟然赶不上技术比我差的渔民的儿子！”“渔王”说完又叹了口气。

一位路人听了他的诉说后，问：“你一直手把手地教他们吗？”

“是的，为了让他们得到一流的捕鱼技术，我教得很仔细很耐心。”

“他们一直跟随着你吗？”

“是的，为了让他们少走弯路，我一直让他们跟着我学。”

路人说：“这样说来，你的错误就很明显了。你只传授给了他们如何成功的技术，却没传授给他们如何面对失败的教训。”

真正的男子汉

一位父亲很为他的儿子苦恼，儿子已经十五六岁了，却一点儿男子汉气概都没有。对此，他毫无办法，于是就去拜访了一位拳师，请求这位武术大师帮助他训练自己的儿子，希望能够把儿子训练成男子汉。

拳师说："把你的孩子留在我这里半年，这段时间你不要见他，半年后，我一定把你的孩子训练成一个真正的男子汉！"

半年后，男孩的父亲来接儿子，拳师安排了一场拳击比赛向这位父亲展示这半年来的训练成果，与男孩对打的是一名拳击教练。教练出手没多久，男孩便应声倒地。但是，男孩一倒地就立即站起来继续接受挑战，倒下去又站了起来……如此来来回回总共十多次。

拳师问这个父亲："你觉得你的孩子够不够男子汉？"

"我简直无地自容了，想不到我送他来这里训练了半年，他还是这么不经打，这么轻易就被人打倒了，哪儿有男子汉气概呢？看来这儿子是没救了！”父亲失望地回答。

拳师意味深长地说：“我很遗憾，因为你只看到了表面的胜负，但你有没有看到你儿子倒下去又立刻站起来继续战斗的勇气和毅力呢？那才是真正的男子汉气概啊！”

大海里的船

英国劳埃德保险公司曾从拍卖市场买下一艘船，这艘船 1894 年下水，在大西洋上曾 138 次遭遇冰山，116 次触礁，13 次起火，207 次被风暴扭断桅杆，然而它从没有沉没过。

劳埃德保险公司基于它不可思议的经历及在保费方面给公司带来的可观收益，最后决定把它从荷兰买回来捐给国家。现在这艘船就停泊在英国萨伦港的国家船舶博物馆里。

不过，使这艘船名扬天下的却是一名来此观光的律师。当时，他刚打输了一场官司，委托人也于不久前自杀了。尽管这不是他的第一次失败辩护，也不是他遇到的第一例自杀事件，然而，每当遇到这样的事情，他总有一种负罪感。他不知该怎样安慰这些在生意场上遭受了不幸的人，帮助他们重整旗鼓而不是走上绝路。

当他在萨伦船舶博物馆看到这艘船时，忽然产生一种想法，为什么不让他们来参观参观这艘船呢？于是，他就把这艘船的历史抄下来和这艘船的照片一起挂在他的律师事务所里，每当商界的委托人请他辩护，无论输赢，他都建议他们去看看这艘船。

它使我们知道：在大海上航行的船没有不带伤的。

虽然屡遭挫折，却能够百折不挠地挺住，这就是成功的秘密。

懒惰的穷光蛋

从前有一个很穷的人，一个富人见他生活得实在很艰难，就起了善心，想帮他致富。于是富人送给穷人一头牛，嘱咐他好好开荒，“等春天来了撒上种子，到了秋天你就可以摆脱贫穷了。”

穷人满怀希望开始奋斗。可是没过几天穷人就感到厌烦了，牛要吃草，人要吃饭，日子比过去还难。穷人就想，不如把牛卖了，买几只羊，先杀一只吃，剩下的还可以生小羊，小羊长大了拿去卖，可以赚更多的钱。

很快穷人把牛卖了并买了几只羊。吃完了一只羊之后，小羊却迟迟没有生下来，日子又艰难起来。没过几天，穷人忍不住又吃了一只。穷人想，这样下去不得把羊都吃光了？不如把羊卖了换成鸡，鸡生蛋的速度要快些，有了鸡蛋立刻就可以赚钱了，日子肯定很快就会好转。

就这样，穷人的羊又变成了鸡，但是鸡生的蛋根本不够穷人换酒喝，日子又困难了起来。穷人忍不住杀鸡吃，终于杀到只剩最后一只鸡时，穷人的信念彻底崩溃了。他想，致富是没有希望了，倒不如把鸡卖了再买一壶酒，三杯下肚，万事无忧。

春天的时候，富人兴致勃勃送种子来，看到穷人正躺在石碾上晒太阳，牛早就没有了，房子也快倒了，富人只好转身走了。

面对那些有难度的事情时，需要耐心去坚持才能获得成功。意志薄弱的人，随随便便就找退路的人，是难以获得成功的。

你也在井里吗？

有一天，某个农夫的一头驴子不小心掉进一口枯井里，农夫绞尽脑汁想办法救出驴子，但几个小时过去了，驴子还在井里痛苦地哀嚎着。

最后，这位农夫决定放弃，他想这头驴子年纪大了，不值得大费周章去把它救出来，不过无论如何，这口井还是得填起来，以免日后再有其他人或动物掉进去。于是农夫便请来左邻右舍帮忙一起将井中的驴子埋了，以免除它的痛苦。

农夫的邻居们人手一把铲子，开始将泥土铲进枯井中。当这头驴子了解到自己的处境时，刚开始叫得很凄惨。但出人意料的是，一会儿之后这头驴子就安静下来了。农夫好奇地探头往井底一看，出现在眼前的景象令他大吃一惊：当铲进井里的泥土落在驴子的背部时，驴子的反应令人称奇——它将泥土抖落在一旁，然后站到铲进的泥土堆上面！

就这样，驴子将大家铲倒在它身上的泥土全数抖落在井底，然后再站上去。很快地，这只驴子便得意地上升到井口，然后在众人惊讶的表情中快步地跑开了！

就如驴子的情况，在生命的旅程中，有时候我们难免会陷入枯井，各式各样的泥沙会倾倒在我们身上，而想要从这些枯井脱困的秘诀就是：将泥沙抖落掉，然后站到上面去！

孙膑受刑

孙膑是春秋时期齐国著名军事家孙武的后代。他早年曾与庞涓一起师从鬼谷子学习兵法。他勤奋攻读，刻苦钻研，加上天资聪颖，很快便学到了丰富的军事知识，未出茅庐便显示出超人的军事才华，以致引起了与他同窗共读的庞涓的嫉妒。

后来，庞涓受魏惠王的聘请，出任魏国的大将和军师，虽然春风得意，但一想到才干在自己之上的孙膑，深感不安，于是设计陷害孙膑。他先派人伪装受孙膑表兄的委托，劝孙膑返齐。待骗得孙膑的亲笔复信后，加以涂改，随即向魏王诬告孙膑私通齐国。魏王为之大怒，下令处死孙膑。庞涓为了窃取孙膑的兵法著作，又当着孙膑的面假意向魏王求情。结果魏王判罚切断孙膑的双脚、在他脸上刺字。后来，经受酷刑的孙膑从一个使者口里得知内情，才恍然大悟，便烧掉正为庞涓撰写的兵法竹简，装疯卖傻，寻找逃出虎口的机会。

有一天，齐国大夫淳于髡（kūn）出使魏国。孙膑设法偷偷地会见了他，向他诉说了自己在魏国的悲惨遭遇。淳于髡知道孙膑是个有才能的人，就秘密地把他藏在车中带回齐国。

孙膑回到齐国后，齐威王便任命他做齐国的军师。公元前354年，魏国派庞涓率兵攻打赵国，并且包围了赵国的都城邯郸。赵国向齐国求救。孙膑献上围魏救赵的妙计，大败庞涓率领的魏军。

第六辑

乐施向善

让爱洒满人间

乐善好施的回报

一天夜里，已经很晚了，一对年老的夫妻走进一家旅馆，他们想要一个房间。前台侍者回答说：“对不起，我们旅馆已经客满了，一间空房也没有剩下。”看着这对老人疲惫的神情，侍者不忍心深夜让这对老人出门另找住宿。而且在这样一个小城，恐怕其他的旅店也早已客满打烊了，这对疲惫不堪的老人岂不是要露宿街头？于是好心的侍者将这对老人领到一个房间，说：“也许它不是最好的，但现在我只能做到这样了。”老人见眼前的房间虽不像常规的旅馆客房，但也是一间整洁又干净的屋子，就愉快地住了下来。

第二天，当他们来到前台结账时，侍者却对他们说：“不用了，因为我只不过是把自己的宿舍房间借给你们住了一晚——祝你们旅途愉快！”原来侍者自己一晚没睡，就在前台值了一个通宵的夜班。两位老人十分感动。老头儿说：“孩子，你是我见到过的最好的旅店经营人，你会得到报答的。”侍者笑了笑，说这算不了什么。他送两位老人出了门，转身接着忙自己的事，没太把这件事放在心上。

没想到有一天，侍者接到了一封信函，打开一看，里面有一张去纽约的单程机票并有简短附言，聘请他去做另一份工作。他乘飞机来到纽约，按信中所标明的路线来到一个地方，抬眼一看，一座金碧辉煌的大酒店耸立在他的眼前。

原来，几个月前的那个深夜，他接待的是一个有

着亿万资产的富翁和他的妻子。富翁为这个侍者买下了一座大酒店，深信他会经营管理好这个大酒店。这就是全球赫赫有名的希尔顿饭店首任经理的传奇故事。

脱险的将军

当时，第二次世界大战正在激烈地进行，欧洲战场打得异常惨烈，战场上的情况真是变幻莫测。

有一天，大雪纷飞，滴水成冰，盟军最高统帅艾森豪威尔将军乘车回总部参加紧急军事会议。

忽然，将军看到一对法国老夫妇坐在马路旁边，冻得瑟瑟发抖。他立即命令身边的翻译官下车了解详情，一位参谋急忙阻止说："我们得按时赶到总部开会，这种事还是交给当地的警方处理吧！"

但艾森豪威尔坚持说："等到警方赶到的时候，这对老夫妇可能早已冻死了！"原来，这对老夫妇准备去巴黎投奔自己的儿子，但因为车子抛锚，前不着村，后不着店，正不知如何是好。

于是艾森豪威尔立即把这对老夫妇请上车，特地绕道将这对老夫妇送到家后，才赶去参加军事会议。

助人的双手比祈祷的双唇更神圣。艾森豪威尔的善心义举得到了意想不到的巨大回报。本来，那天德国的一队纳粹狙击手虎视眈眈地埋伏在艾森豪威尔原来必须经过的那条路上，如果不是因为行善而改变了行车路线，艾森豪威尔将军恐怕就很难躲过那场劫难，更别提日后成为美国的第 34 任总统了！

农民与贵族

100多年前的某天下午，在英国一个乡村的田野里，一位贫困的农民正在劳作。忽然，他听到远处传来呼救的声音，原来，一名少年不幸落水了。

农民不假思索，奋不顾身地跳入水中救人。孩子得救了。

后来大家才知道，这个获救的孩子是一个贵族公子。

几天后，老贵族亲自带着礼物登门致谢，农民却拒绝了这份厚礼。在他看来，当时救人只是出于自己的良心，并不能因为对方出身高贵就贪恋别人的财物。

故事到这儿并没有结束。

老贵族因为敬佩农民的善良与高尚，感念他的恩德，于是，决定资助农民的儿子到伦敦去接受高等教育。农民接受了这份馈赠，能让自己的孩子受到良好的教育是他多年来的梦想。

农民很快乐，因为他的儿子终于有了走进外面世界、改变自己命运的机会；老贵族也很快乐，因为他终于帮助自己的恩人完成了梦想。

多年后，农民的儿子从伦敦圣玛丽医学院毕业了，他品学兼优，后来被英国皇家授勋封爵，并获得1945年的诺贝尔生理学或医学奖。他就是亚历山大·弗莱明，青霉素的发明者。

那名贵族公子也长大了，在第二次世界大战期间患上了严重的肺炎，但幸运的是，依靠青霉素，他很快就痊愈了。这名贵族公子就是英国著名的首相丘吉尔。

两碗面

一天早晨，父亲做了两碗面，一碗有个鸡蛋卧在上边，一碗上边没鸡蛋。

父亲问儿子："你想吃哪一碗？"

"有鸡蛋的那一碗！"儿子指着卧蛋的那碗说。

"让爸爸吃那碗有蛋的吧！"父亲说，"孔融7岁让梨，你10岁了，该让蛋了！"

"孔融是孔融，我是我——不让！"儿子态度坚决。

"真不让？"

"真不让！"儿子一口把蛋咬了一半。

"不后悔？"

"不后悔！"儿子又咬了一口，把蛋全吃了下去。

待儿子吃完，父亲开始吃。原来，父亲的碗里藏着两个荷包蛋，儿子看得分明。

"记住：想占便宜的人往往占不到便宜！"父亲指着碗里的荷包蛋告诉儿子。

儿子显出一脸的无奈。

第二次，那是个星期天的上午，父亲又做了两碗面，一碗有鸡蛋卧在上边，一碗上边没有鸡蛋。他问儿子：“你吃哪一碗？”

“孔融让梨，我让蛋！”儿子笑着端起无蛋的那碗面。

“不后悔？”

“不后悔！”儿子说得坚决。

儿子吃到底也没见一个蛋；父亲的碗里，上边卧着一个，下边藏着一个，儿子看得分明。

“记住：想占便宜的人可能要吃亏！”父亲指着蛋教训儿子说。

第三次，父亲又做了两碗面条，还是一碗有蛋卧在上边，一碗上边无蛋。

父亲问儿子：“你吃哪碗？”

“孔融让梨，儿子让面——爸爸您是大人，您先吃！”儿子手一挥显得很“绅士”。

“那我就不客气啦！”父亲端过上边卧着蛋的那碗。

儿子端过上面没有蛋的那碗面吃起来，却发现自己碗里的面条下也卧着荷包蛋。

“不想占便宜的人，生活也不会让他吃亏！”父亲意味深长地对儿子说。

一个红苹果

小熊在院子里种了一棵苹果树。小熊给苹果树浇水，小猴子看见了忙过来帮它抬水。小熊乐呵呵地对小猴子说："等苹果熟了，我请你吃甜苹果。"

小熊给苹果树施肥，小花鹿看见了忙过来帮它挖坑。小熊乐呵呵地对小花鹿说："等苹果熟了，我请你吃甜苹果。"

小熊给苹果树捉虫子，小山羊看见了忙过来帮它一起捉。小熊乐呵呵地对小山羊说："等苹果熟了，我请你吃甜苹果。"

小熊的苹果树长大了，满树粉嘟嘟、白乎乎的花儿谢了，枝头上挂满了一个个青青的苹果。小熊心里别提有多高兴啦。

可是一天夜里，突然刮了一场很大的风，把苹果都吹落了，小熊望着一地的青苹果，伤心地哭了。

小猴子、小花鹿和小山羊听见哭声都跑来安慰小熊。大家说："我们都好好帮你看管苹果树，明年你的果树一定会结出又红又大的甜苹果的！"

说着，小猴子去给苹果树浇水，小花鹿去给苹果树施肥，小山羊去给苹果树除草。小熊呢，爬到苹果树上捉虫子。捉着捉着，小熊的手忽然停住了，原来它发现在一片叶子底下还藏着一个嫩嫩的小苹果。“苹果，这里还有一个苹果！”小熊高兴得差点儿喊出声来。“就剩下这一个苹果了，小猴子它们摘去了我就没有了。”小熊想到这里，一声不响地用叶子遮住苹果，悄悄地下了树。

小熊的苹果越长越大，越长越红，小熊也越来越怕见小猴子它们。一天，它正在屋里想心事，小猴子、小花鹿和小山羊又跑来了。

小猴子说：“再给你的苹果树浇些水吧！”小花鹿说：“再给你的苹果树施些肥吧！”小山羊说：“再给你的苹果树捉捉虫子吧！”

多好的朋友啊！小熊想想自己，脸红红的，羞愧地低下了头。小猴子、小花鹿和小山羊以为小熊还在为没有红苹果而伤心呢，忙安慰它说：“别难过了，明年你的苹果树一定会结满又红又大的甜苹果的。”

小熊再也忍不住了，拉着大家的手说：“不用等明年了，现在我就带你们去看红红的大苹果。”

小熊带着朋友们来到树下，大家扒开密密的叶子。“啊！大苹果，多红多大的苹果呀！”大家惊喜地叫着。小猴子攀着树枝，小花鹿伸长脖子，小山羊踮起脚，大家笑得一个个的小脸蛋也像红红的大苹果了。

分享快乐与痛苦

有一个故事讲的是一位犹太教的长老酷爱打高尔夫球。

在一个安息日，他觉得手痒，很想去挥杆，但犹太教规定信徒在安息日必须休息，什么事都不能做。这位长老却忍不住，决定偷偷去高尔夫球场，想着打9个洞就好了。

由于安息日犹太教徒都不会出门，球场上一个人也没有，因此长老觉得不会有人知道他违反规定。

然而，当长老在打第2个洞时，被天使发现了，天使生气地到上帝面前告状，说某某长老不守教义，居然在安息日出门打高尔夫球。

上帝听了，就跟天使说自己一定会好好惩罚这个长老。

第3个洞，长老打出了超完美的成绩，几乎都是一杆进洞。长老兴奋得难以言表，到打第7个洞时，天使又跑去找上帝："上帝呀，你不是要惩罚长老吗？为何还不见有惩罚？我看他越打越好、越打越开心。"

上帝说："我已经在惩罚他了。"

直到打完第9个洞，长老都是一杆进洞。

因为打得太神乎其技了，于是长老决定再打9个洞。

天使又去找上帝了："到底惩罚在哪里啊？"

上帝只是笑而不答。

他打完18洞，成绩比世界顶级的高尔夫球手都优秀，这可把长老乐坏了。

天使很生气地问上帝："这就是你对长老的惩罚吗？"

上帝说："正是。你想想，他有这么惊人的成绩以及兴奋的心情，却不能跟任何人说，这不是最好的惩罚吗？"

生活需要伴侣，快乐和痛苦都要有人分享。没有分享的人生，无论是面对快乐还是痛苦，都是一种惩罚。

一杯牛奶的故事

很久以前，有个男孩在冰天雪地里行走。他从早晨离开家门直到下午，既没有推销出去一件商品，也没有吃任何的食物，更没有喝水。

鹅毛大雪，寒风肆虐，他又冷又饿，心灰意冷。原本，他是想利用寒假时间推销商品，为自己赚取大学学费，然而这样寒冷孤寂、毫无收获的一天，让他绝望透顶，他甚至暗暗告诉自己：“我不上学了，都快饿死的人了，有什么资格求知若渴呢？”

男孩努力地走着，来到一户人家门前。他迟疑地敲门，过了很久，一个女孩才打开门。男孩看着女孩，怯生生地说：“您好，可以给我一杯热水吗？”女孩从男孩狼狈的模样中看出他一定又饿又冷，因而赶紧快步走回屋子里。

过了一会儿，女孩才回来，她给男孩端来一大杯热气腾腾的牛奶。男孩很忐忑，因为他知道自己的口袋里只有很少的钱，根本不够支付这杯牛奶。他小心翼翼用双手捧着牛奶杯子，感受着牛奶的温度，慢慢地，一口一口地喝着牛奶。良久，男孩喝完牛奶，问女孩："请问，这杯牛奶多少钱？"

女孩笑着摇摇头，说："不要钱。我奶奶说，赠人玫瑰，手有余香，帮助别人是不需要回报的。"正是这杯牛奶，温暖了男孩的心，让他在绝望之中再次升腾起希望。

若干年后，当年的女孩已经成为妇人，身患怪病，在本地治不好，就去了大城市的知名医院。妇人的病情很棘手，为此医院里组织相关部门的专家进行会诊。大名鼎鼎的爱德华医生也参加了会诊，然而，在看到病历上病人的居住地时，他不由得怦然心动，当即跑到妇人的病房。

果然，在这个妇人脸上，爱德华医生看到了这么多年来始终萦绕在他心头的女孩的模样。爱德华医生拼尽全力，治好了妇人的病。

到了出院的时候，拿着护士送来的出院结算清单，妇人连看的勇气都没有，她不知道自己倾尽所有能否结清这次治疗的费用。然而，当看到结算栏时，她赫然看到上面写着："一杯牛奶。爱德华医生。"妇人的眼泪夺眶而出，心中溢满了温暖。

真诚的回报

在美国，一家百货商店里，由于突然下大雨，有位衣着简朴的老太太浑身湿透地进来避雨，几乎所有的售货员都不愿搭理这位老太太。

有位小伙子很诚恳地对老太太说："夫人您好，能为您做些什么？"

"不用了，我躲一下雨马上就走。"老太太觉得借别人的地方躲雨，有点不安，就想买一点商品，可是转了半天实在不知道买些什么。

这位小伙子看到了，就对老太太说："夫人，您不必为难！我搬了一张椅子放在门口，您安心休息就好了。"两个小时后雨停了下来，老太太要了小伙子的名片离开了。

几个月后，这个小伙子获得一个机会，被指定代表这家百货公司去和另一家大的家族公司洽谈业务，利润巨大。

后来才知道是一位老太太给的机会，这位老太太不是别人，正是美国亿万富翁"钢铁大王"卡内基的母亲。

于是，这位小伙子由此一帆风顺，青云直上，后来更是成为“钢铁大王”卡内基的左膀右臂，同时也是地位仅次于卡内基的富可敌国的重要人物。

back to school
123
ABC
A+

第七辑

与人为善

把美好带给身边的人

不要把烦恼带给别人

苏格兰的一个农场主雇了一个水管工安装水管。水管工今天的运气很差，早上先是因为车子轮胎爆裂，在路上耽误了一个小时；接下来就是电钻坏了，耽误了进程；后来安装的水管又不出水，需要重装……

好不容易干完活儿后，好心的农场主开车把他送回家去。到了家门前，水管工邀请农场主进去坐坐。

在门口，满脸晦气的水管工没有马上进屋，而是伸出手抚摸门旁一棵小树的树干，然后耸耸肩，一脸轻松地去敲门。

等到门打开，水管工笑逐颜开，和两个孩子紧紧拥抱，再给迎上来的妻子一个亲切的吻。

在水管工的家里，农场主感受到了这个家庭的幸福和温暖。在要离开的时候，农场主按捺不住好奇心，问："你刚才为什么要在门口摸摸小树呢？"

水管工不好意思地回答："每个人都有自己的烦恼，可我不能把自己的烦恼带给我的家人，那样我不会原谅自己的。所以在我进门之前，会把自己一天遇到的烦恼统统抛弃。我摸了摸树，就把烦恼留在树上，而没有带回家中了！”

及时将不良情绪排遣出去，有助于我们更加健康快乐地生活。

把笑容带回家

美国社会心理学家洛钦斯首先提出了著名的“首因效应”，指人际交往中给人留下的第一印象在头脑中占据着主导地位。家人之间虽然不是第一次见面，但是“首因效应”同样起作用。

回家，是与家人的“又一次见面”，这一面决定了家人判断你这一天的状态如何，并且在接下来的整个晚上，这个判断都会在脑海里占据主导地位，影响着家人的情绪和行为。

有一位家庭主妇，她的家中，男主人大方和善，孩子彬彬有礼，温馨、和谐的气氛充盈着整个家庭。

她的家看起来跟普通的人家没什么区别，除了房门上挂着的一方木牌，上面写着——“进门前，请抛去烦恼；回家时，带快乐进来。”

有朋友来访，询问起那块木牌：“我也会时常提醒丈夫，不要带着怨气回家，可他总是当耳边风。你用木牌提醒爷儿俩真的有用吗？”

女主人笑笑，解释说：“我并不是提醒他们。有一次我在电梯镜子里看到一张充满疲惫的脸，紧锁的眉头，忧愁的眼睛……把我自己吓了一大跳。

“于是我开始想，孩子、丈夫看到我这副愁眉苦脸的样子时，会有什么感觉？

“接着我想到孩子在餐桌上的沉默、丈夫的冷淡，我原来认为都是他们不对，其实，我自己也有原因！

“第二天，我就写了一块木牌钉在门上提醒自己。结果，被提醒的不只是我自己，而是一家人……”

换了一种方式进家门，消极情绪的传递链在进门的时候就被截断了，留在家里的，是一片平和与温馨。

张大千画蝉

张大千是我国著名的泼墨画家。

有一次，他画了一幅《绿柳鸣蝉图》，画上是一只大蝉俯趴在柳枝上，蝉头朝下，做欲飞状。

齐白石见了这幅画，对张大千说道：“大千先生此画极为传神。不过，我以前画蝉，曾向一位农人请教，据他说蝉的头都是朝上的，极少有朝下的情况。当然，这也只是那个农人的一面之词，我也没亲自看过，也不一定对。”

张大千听后，趁着去青城山写生的时机，跑到屋外仔细观察，发现树上的蝉果然都是头朝上的。

回来后，他把自己的观察告诉了齐白石，齐白石神秘地一笑，说：“我也观察过！”

张大千此时才恍然大悟，原来齐白石早就知道他错了，只是怕他丢面子，才假称是从一个农人口中听到的。

当你含蓄地提醒他人，委婉地纠正他人时，不仅会达到想要的目的，也会让人感到舒服和自在。

数落媳妇的张婆婆

有一位张婆婆，她总是很喜欢对外人说自己的儿媳妇，吐槽儿媳妇的各种不是。

她的神情动作都极其夸张，一副哀怨的样子，说：“我那个媳妇啊，好吃懒做，每天日上三竿才起床，什么家务活都不干。每天早上还要我儿子把东西拿到房里给她吃。你说，你们谁家的儿媳妇会像她那个样子啊，谁不是勤勤恳恳的。你们儿媳妇一大早就起来，然后开始给你们一大家子做早餐，我啊，真是没有那个享福的命哦！”

邻居听后，便反问她：“那你的女儿嫁得还不错吧？”

张婆婆说：“是啊，过得很幸福。婆家对她很好，什么活都不用干，每天睡到大中午，女婿还会很贴心地煮好东西送到房间给她吃呢！”

邻居又接着说：“现在的年轻人啊，基本都是这样的。你希望自己的女儿嫁得好，别人又何尝不是呢？这做人啊，得将心比心。”

张婆婆听完这一番话后，叹了一口气，只能尴尬又无奈地点了点头。

她心想，要是自己的女儿也被她的婆家这样说三道四，那自己肯定受不了这个气。自从那以后，就再也没有人听见过张婆婆在外边跟别人数落她的儿媳妇了。

其实，我们大多数人，都会有这样一种惯性思维，那就是凡事都只会先从自己的角度去看待问题。

如果我们凡事都能站在别人的角度考虑，将心比心，推己及人，抱怨是不是就会少很多呢？

绅士过桥

一天，有一位绅士要去处理一件急事，在去的路上要经过一座独木桥。到了独木桥上，刚走几步便遇到一个孕妇。绅士很礼貌地转过身回到桥头，让孕妇先过了桥。孕妇一过桥，绅士又走上了桥。这次都走到桥中央了，又遇到了一位挑柴的樵夫，绅士二话没说，又回到桥头让樵夫先过。

第三次绅士再也不贸然上桥，而是等独木桥上的人过尽后，才匆匆上了桥。眼看就快到桥头了，迎面赶来一位推独轮车的农夫。绅士这次不甘心回头，摘下帽子向农夫致敬：“亲爱的农夫先生，你看我还有几步就要到桥头了，能不能让我先过去？”

农夫不干，把眼一瞪，说：“你没看见我急着去赶集吗？”话不投机，两人争执起来。这时，河面上漂来一叶小舟，舟上坐着一个和尚。和尚刚到桥下，两人便叫住和尚，请他评理。

和尚双手合十，看了看农夫，问他：“你真的很急吗？”

农夫答道：“我真的很急，晚了便赶不上集了。”和尚说：“你既然急着去赶集，为什么不尽快给绅士让路呢？你只要退那么几步，绅士便过去了。绅士一过，你不就可以早点过桥了吗？”

农夫一言不发，和尚便笑着问绅士：“你为什么要农夫给你让路呢，就是因为你快到桥头了吗？”绅士争辩道：“在此之前我已给许多人让了路，如果继续让农夫的话，便过不了桥了。”

“那你现在是不是就过去了呢？”和尚反问道，“你既然已经给那么多人让了路，再让农夫一次，即使过不了桥，起码保持了自己的风度，何乐而不为呢？”

绅士顿时满脸涨得通红。

心灵的换位

闻名于世的励志成功学大师拿破仑·希尔，有一年他需要聘请一位秘书，于是在几家报刊上刊登了招聘广告。

结果应聘的信件如雪片般飞来。但这些信件大多如出一辙，比如第一句话几乎都喜欢这样开头：“我今年多少岁，毕业于某某学校，如果我能荣幸被您选中，一定兢兢业业……”

拿破仑·希尔对此很失望，正琢磨着要放弃这次招聘计划时，一封信件令他眼前一亮，认定秘书人选非此信主人莫属。

她的信是这样写的：

“敬启者：您所刊登的广告一定会引来成百乃至上千封求职信，而我相信您的工作一定特别繁忙，根本没有足够时间来认真阅读。因此，您只需轻轻拨一下这个电话，我很乐意过来帮助您整理信件，以节省您宝贵的时间。您丝毫不必怀疑我的工作能力与质量，因为我已经有十五年的秘书工作经验。”

后来，拿破仑·希尔提起这件事就会说：

“懂得换位思考，能真正站在他人的立场上看待问题、考虑问题，并能切实帮助他人解决问题，这个世界就是你的。”

将心比心，推己及人。换位思考，尊重别人就是尊重自己。

角度不同，不可以偏概全

在小学的语文教科书里，有这样一篇文章。

作者读小学四年级时，有一次上图画课，老师把两个阳桃摆在讲桌上，要同学们画。

他的座位在前排靠边的地方，讲桌上那两个阳桃的一端正对着他，他看到的阳桃不像平时看到的那样，而像是五个角的什么东西，于是就老老实实照着画了。

其他同学见了他的画，都哈哈大笑起来。

老师看了看这幅画，走到他的座位坐下来，审视了一下讲桌上的阳桃，然后回到讲桌前，举起他的画问大家："这幅画画得像不像？"

"不像！"同学们异口同声地回答。

"它像什么？"

"像五角星！"

老师的神情变得严肃了。半晌，他又问道："画阳桃画成了五角星，好笑么？"

"好——笑！"有几个同学抢着答道，同时发出嘻嘻的笑声。

于是，老师请这几个同学轮流坐到他的座位上。老师对第一个坐下的同学说：“现在你看看那阳桃，像你平时看到的阳桃吗？”

“不……像。”

“那么，像什么呢？”

“像……五……五角星。”

“好，下一个。”

几个同学看完后，老师和颜悦色地说：“提起阳桃，大家都很熟悉。但是，看的角度不同，阳桃的样子也就不一样，有时候看起来真像个五角星。因此，当我们看见别人把阳桃画成五角星的时候，不要忙着发笑，要看看人家是从什么角度看的。”

苏轼曾写过一句诗：横看成岭侧成峰，远近高低各不同。其实每个人看的角度不同，所见自然不同。我们看待问题不能只站在自己的角度，设身处地站在他人的角度去看，就不会轻易发表肤浅、片面的观点。

六尺巷

康熙年间，文华殿大学士张英家和隔壁邻居吴家素来和睦。

两家的院落之间，有条不宽不窄的巷子，平日供大家出入使用。

有一天，吴家要扩建新房，想占用这条巷子，张家人死活不同意。毕竟，这是两家共用的地方，凭什么让给你呀？

双方争执不休，昔日的好邻居，差点儿打了起来。闹到官府，两家都是名门望族，县官也不敢轻易了断。

张家人一气之下写了封加急信给张英，张英看到信后，特意回了一封信，信里只有一首诗："千里来书只为墙，让他三尺又何妨？万里长城今犹在，不见当年秦始皇。"

家人阅罢信件，方才恍然大悟。他们主动让出了三尺空地，而吴家见张家让了步，也主动让出三尺房基地。

从此，便有了享誉桐城的"六尺巷"，留下了千古的佳话。

是啊，让他三尺又何妨？人若是锱铢必较，就会失去很多东西。你让对方三尺，对方很可能也会让你三尺。

与人相交，交的是气度，交的是情分。让三尺没关系，吃点亏也没关系。莫让一时的得失，疏远朋友间的情分。把心放宽一点，得失少争一点，你会发现，一切豁然开朗。

瑞恩的井

有一个6岁的加拿大男孩，曾经用一颗单纯的心改变了世界。他曾被评选为“北美洲十大少年英雄”，甚至被人称为“加拿大的灵魂”，他就是曾经接受过加拿大国家荣誉勋章的瑞恩·希里杰克。

1998年，6岁的瑞恩第一次听说在非洲有很多孩子因为喝不上干净的水而死去，于是，为非洲的孩子捐献一口井成了他的梦想。

那天回到家里，他向妈妈要70加元时，妈妈告诉他：“你可以通过自己的劳动凑齐这一笔钱，比如打扫房间、清理垃圾，我会给你报酬。”瑞恩迟疑了一下，最终答应了。于是，他开始通过自己的劳动挣钱。

瑞恩得到的第一个任务是吸地毯，干了两个多小时后他得到了两块钱的报酬。几天之后，当全家人去看电影时，瑞恩一个人留在家里擦了两个小时的窗子，赚到第二个两块钱。

全家人都以为瑞恩不过是心血来潮，可他却坚持了下来。

四个月后，当瑞恩把辛苦积攒的钱交给有关组织时却得知，70加元只够买一个水泵，挖一口井实际需要2000加元。他并没有放弃，反而更加卖力了，因为他只有一个想法，就是要尽自己的能力让更多非洲的小朋友喝到干净的水。

渐渐地，大家都知道了瑞恩的这个梦想。于是爷爷雇他去捡松果；暴风雪过后，邻居们请他去帮忙捡落下的树枝；瑞恩考试得了好成绩，爸爸给了他奖励；瑞恩从那时起不再买玩具……所有的这些钱，都被瑞恩放进了那个存钱的旧饼干盒里。

后来，他的故事被媒体报道了，他的名字传遍了整个国家。一个月后，在他家的邮筒里出现了一封陌生人的来信，里面有一张30万加元的支票，还有一张便条："但愿我可以为你和非洲的孩子们做得更多。"

如果你以为这是故事的结尾，那就错了！因为这只是事情的开始。接下来，在不到两个月的时间里，又有各地的人用上千万元的汇款支持瑞恩的梦想。

2001年3月，"瑞恩的井"基金会正式成立，瑞恩的梦想成为千万人参加的一项公益事业。

哥伦布的智慧

1492年，哥伦布发现了新大陆。从海上回来，他成了西班牙人民心目中的英雄。国王和王后也把他当成上宾，封他做海军上将。

可是有些贵族瞧不起他，他们用鼻子一哼，说："哼，这有什么稀罕？只要坐船出海，谁都会到达那块陆地的。"

在一次宴会上，哥伦布又听见有人在讥笑他。"上帝创造世界的时候，不是已经创造了海西边的那块陆地了吗？发现，哼，算得了什么！"哥伦布听了，沉默了好一会儿，忽然从盘子里拿了个鸡蛋，站了起来，提出了一个古怪的问题："女士们，先生们，谁能把这个鸡蛋竖起来？"

鸡蛋从这个人手上传到那个人手上，大家都把鸡蛋扶直了，可是一放手，鸡蛋立刻倒了。最后，鸡蛋回到哥伦布手上，满屋子鸦雀无声，大家都想看他怎样把鸡蛋竖起来。

哥伦布不慌不忙，把鸡蛋的一头在桌上轻轻一敲，敲破了一点儿壳，鸡蛋就稳稳地直立在桌子上了。

“这有什么稀罕的？”宾客们又讥笑起哥伦布来了。

“本来就是没有什么可稀罕的，”哥伦布说，“可是你们为什么就做不到呢？”

温暖的拖鞋

“今天，我一定要断然拒绝他们的要求。”出门之前，卡尔森太太在心里对自己这么说。

天下着很大的雨，到处都是水。卡尔森太太之所以冒雨出门，是为了把眼前这件事尽快处理完。

卡尔森太太平时以乐善好施出名，她经常捐东西给遭到天灾人祸的人，或买很多衣料送给本市的贫民。

可是，这一次的事，性质大不相同，使她无法像平时那样爽快答应。虽然目的是为了贫苦无依的孤儿们着想，但要她捐出祖传的土地来建造孤儿院，她实在无法同意。她对世世代代传下来的那片土地有无限的感情，何况，她年纪已老，此后生活的主要收入就靠那块土地。这是跟她此后的生活有直接关系的事，说得严重一点，若失去这一块土地，她的生活马上就要受到影响。

“不管对方如何恳求，也不能有一丁点同情心，否则……”想着想着，卡尔森太太的脚步就越来越快了。

雨越下越大，风也吹得更起劲了。没多久，她到了目的地。她推开大门，走进去。由于是个大雨天，走廊上到处都湿湿的，她在门口寻找拖鞋穿。

“请进！”这时候，随着一声甜美的声音，女办事员玛丽笑容可掬地站在了卡尔森太太面前。玛丽看到地板上没有拖鞋了，立刻毫不犹豫地脱下自己的拖鞋给卡尔森太太穿。

“真抱歉，所有的拖鞋都给别人穿了。”玛丽小姐诚恳地说道。

卡尔森太太看到玛丽小姐的袜子踏在地板上，一刹那间就全湿了。卡尔森太太被玛丽小姐的举动感动了。在这一瞬间，卡尔森太太明白了施与的真正含义。

她想：“平时我被大家称为慈善家，可是，我做的慈善行为到底是些什么？我捐出来的全是自己不再使用的旧东西，再不就是捐出多余的零用钱罢了。而真正的施与，应该像这位小姐一样，拿出对自己来说是最重要的东西，那才有莫大的价值呀！”

突然，卡尔森太太的决定发生了180度的大转变——她决定捐出那块祖传的土地给这家慈善机构，为可怜的孩子们建立设备完善的孤儿院。

卡尔森太太对办事员玛丽说："好温暖的拖鞋。"

玛丽脸红了，不好意思地说："对不起，我一直穿着，所以……"

卡尔森太太连忙打断她的话："不，不，我没有怪你的意思，我是说，你的心，令人感到温暖，也让我明白了许多！"卡尔森太太向她投以亲切的微笑，然后，朝着募捐办公室快步走去……

羊羔的说服力

一个牧场主养了许多羊。他的邻居是个猎户，院子里养了一群凶猛的猎狗。这些猎狗经常跳过栅栏，袭击牧场里的小羊羔。牧场主几次请猎户把狗关好，但猎户不以为然，口头上答应，可没过几天，他家的猎狗又跳进牧场横冲直撞，咬伤了好几只小羊。

忍无可忍的牧场主找镇上的法官评理。听了他的控诉，明理的法官说："我可以处罚那个猎户，也可以发布法令让他把狗锁起来。但这样一来你就失去了一个朋友，多了一个敌人。你是愿意和敌人做邻居，还是和朋友做邻居？"

"当然是和朋友做邻居。"牧场主说。

"那好，我给你出个主意，按我说的去做。不但可以保证你的羊群不再受骚扰，还会为你赢得一个友好的邻居。"法官如此这般交代一番，牧场主连连称是。

一到家，牧场主就按法官说的挑选了3只最可爱的小羊羔，送给猎户的3个儿子。看到洁白温顺的小羊，孩子们如获至宝，每天放学都要在院子里和小羊羔玩耍嬉戏。因为怕猎狗伤害到儿子们的小羊，猎户做了个大铁笼，把狗结结实实地锁了起来。从此，牧场主的羊群再也没有受到骚扰。

为了答谢牧场主的好意，猎户开始送各种野味给他，牧场主也不时用羊肉和奶酪回赠猎户，渐渐地两人成了好朋友。

要说服一个人，最好的办法是为他着想，让他也能从中受益。

信念不同，结果就不同

一个魔鬼来到一个村庄。他看见这个村庄富饶丰裕，就住了下来。他每天偷鸡摸狗，害得大家不得安宁。村长决心找魔鬼决斗，为村民除害。

有一天，村长在村子边上走，寻找魔鬼。迎面碰到一个人，他们互相问好后，对方问：“你往哪里去？”

“我去寻找魔鬼。”村长回答。

“为了什么？”对方问。

“我想除掉他，还村民以安宁。”村长答道。

这时对方说：“我就是魔鬼。”

村长一听，就向他冲过去，双方打斗了起来。最后村长终于战胜了魔鬼，把他打倒在地，接着拔出短刀，准备下手。

这时，魔鬼止住了他，说：“村长，且慢下手，你可以杀死我，但先听我说几句话。”

“说吧。”村长说。

“你杀死我没有一点儿好处，”魔鬼说，“如果你饶了我，我会给你好处。”

“有什么好处？”村长问。

“你让我活命，我保证每天早晨在你枕头下放20个金币。这样，一直到你生命的最后一天。”魔鬼说。

村长一听到这话，就马上动摇了，心想：“我打死他，又能有什么好处？他又不是世界上唯一的魔鬼，魔鬼有千千万万。我饶了他的命，就可以每天得到20个金币！”于是，村长同魔鬼订了协议，放走了魔鬼。

第二天早晨，村长发现枕头底下真的有20个金币。他心里大喜。

这样持续了一个星期，村长对谁也没有说过这个秘密。

有一天早晨，村长醒了，手伸到枕头下摸钱，但没有一个金币。村长感到纳闷，心想，大概是魔鬼忘记了，明天它一定会放好两天的钱的。

但是，第二天枕头底下还是没有钱。村长又等了一天，仍然没有钱。这时村长冒火了，就出去寻找魔鬼。

在上次决斗的同一地方，他们又相遇了。

“喂，骗子！”村长对魔鬼说，“你是怎么对待我的？”

“我得罪了你什么？”魔鬼问。

“你保证每天给我 20 个金币，起先我倒是每天都收到，可是现在，我已连续几天没收到钱了。”

“村长啊，”魔鬼回答说，“我一连几天给你钱，后来就不愿再给了。如果你不满意的话，我们再来决斗。”

村长相信自己的力量，因为已战胜过魔鬼一次。但这一次，魔鬼轻易地击败了村长。他举起村长，摔在地上，并且坐在他的胸口上，拿出短刀，准备下手。

这时，村长说：“魔鬼，你可以杀死我，但请允许我提一个问题。”

“提吧。”魔鬼答应了。

“一个星期之前，我们碰面后进行了较量，我战胜了你。为什么现在我们两个都毫无变化，你却战胜了我？”

魔鬼笑着说：“原因是，第一次你是为了正义的事业同我决斗的，而这一次，你找我是为了要钱，为了个人私欲，所以我才能轻易地战胜你。”

铁罐和陶罐

国王的橱柜里有两只罐子，一只是陶的，另一只是铁的。骄傲的铁罐看不起陶罐，常常奚落它。

“你敢碰我吗，陶罐兄弟！”铁罐傲慢地问。

“不敢，铁罐兄弟。”谦虚的陶罐回答说。

“我就知道你不敢，懦弱的家伙！”铁罐说着，带着更加轻蔑的神气。

“我确实不敢碰你，但并不是懦弱。”陶罐争辩说，“我们生来的任务就是盛东西，并不是来互相碰撞的。在完成我们的本职任务方面，我不见得比你差。再说……”

“住嘴！”铁罐愤怒地说，“你怎么敢和我相提并论！你等着吧，要不了几天，你就会破成碎片，消失了，我却永远在这里，什么也不怕。”

“何必这样说呢？”陶罐说，“我们还是和睦相处的好，有什么可吵的呢！”

“和你在一起，我感到羞耻，你算什么东西！”铁罐说，“我们走着瞧吧，总有一天，我要把你碰成碎片！”

陶罐不再理会铁罐。

时间在流逝，世界上发生了许多事情。王朝覆灭了，宫殿倒塌了，两只罐子被遗落在荒凉的废墟上。历史在它们的身上积满了渣滓和尘土，一个世纪连着一个世纪。

许多年以后的一天，人们来到这里，掘开厚厚的尘土，发现了那只陶罐。

“太棒了，这里面有一只罐子！”一个人惊讶地说。

“是的，一只陶罐！”其他的人，都高兴地叫起来。

大家把陶罐捧起，把它身上的泥土刷掉，小心翼翼地擦洗干净，和当年在橱柜里的时候完全一样，朴素而又美观。

“多美的一只陶罐！”一个人说，“小心点儿，千万别把它弄破了，这是古代的东西，很有价值的！”

“谢谢你们！”陶罐兴奋地说，“我的兄弟铁罐就在我的旁边，请你们把它也挖出来吧！它一定闷得够难受的了。”

人们立即动手，翻来覆去，把土都掘遍了，但一点儿铁罐的影子也没有。铁罐，不知道在什么年代，已经完全氧化，早就无影无踪了。

让别人把话说完

美国著名电视节目主持人林克莱特有一次当着几百名观众的面采访一个小男孩。那是一个十分活泼而勇敢的小男孩，他坐在电视直播大厅的观众席前排，当林克莱特采访完一个热情洋溢的观众，刚转过身来，他听到一个稚声稚气的声音说："先生，你为什么总是采访别人，能不能采访采访我呢？"

林克莱特转过身来，看到了一个非常清秀而又可爱的小男孩正充满好奇和期望地望着他，林克莱特笑了，说："小家伙，我正准备采访你呢。"

"真的？那我可就太荣幸了！"小男孩兴奋得两眼炯炯发亮。林克莱特马上梳理了一下自己的思路，微笑着问小男孩："小家伙，能问一下你长大后的梦想是什么吗？"

"长大后的梦想吗？"小男孩的大眼睛骨碌碌飞快地转了转，像是思索了一下，然后很快就回答说，"我想当一名飞机驾驶员！"

"飞机驾驶员？"林克莱特说，"那可是很了不起的一个梦想啊！但是要想成为一个出色的飞行员，也并不是十分容易的事情。”林克莱特顿了顿说：“小家伙，如果有一天，你的飞机正好飞在太平洋的上空，但所有引擎都突然熄灭了，你会怎么办呢？”

小男孩又骨碌碌转了转他的大眼睛，想了想说：“我会马上告诉飞机上所有的乘客，请他们全都系好自己的安全带，然后我挂上降落伞跳出去！”

现场的观众和林克莱特都哈哈大笑起来，他们都以为这个小男孩是个聪明又自私的小家伙，那么危急的关头，他竟能置飞机上所有乘客的安危于不顾，却自己挂上降落伞逃走了，这是一种多么令人不齿的卑劣行为啊！但童言无忌，这不过是电视直播中的一个小玩笑，这么一点大的小孩子，他能说出什么正确而伟大的话来呢？

按照导演的时间安排，为了尽量不打乱节目时间计划，大笑着的林克莱特马上走到了另一个观众席去，他要去采访一个企业家。他刚把采访的问题问完，正要把话筒递给那个企业家时，林克莱特忽然感到有人正焦急地在后边拉他的衣襟。他回过头来一看，顿时就愣了，原来是刚才那个接受采访的小男孩，小家伙似乎很难过，大大的眼睛里涌满了泪水。林克莱特不解地说："小家伙，你还有什么问题吗？"

小男孩委屈地说："对不起，先生，我刚才的话还没说完呢。"林克莱特把满腹委屈的小男孩抱到一把高高的椅子上，然后把话筒递给小男孩说："十分抱歉，小家伙，来，请你把你想说的话说完。"小男孩拿起话筒望了一眼十分惊诧的观众说："我跳下去拿燃料，然后马上就会回到飞机上的！"

直播大厅里顿时静极了。静默了好一会儿，当所有的观众都回味过来时，顿时响起了排山倒海般的掌声。林克莱特紧紧搂住那位小男孩说："对不起，刚才我没把你的话完全听完，请你原谅我。小家伙，你真是好样的！"

听别人把话说完，这是对别人的尊重，也是对自己的尊重。只要你听别人把话说完，那么这个世界便不会和你的心灵拉开距离，你就会得到许多心灵的尊重和支持，成功和幸福就离你不远了。

少了一个发夹

国王有七个女儿，这七位美丽的公主是国王的骄傲。她们那一头乌黑亮丽的长发远近皆知，所以国王送给她们每人十个漂亮的发夹。

有一天早上，大公主醒来，一如往常地用发夹整理她的秀发，却发现少了一个发夹，于是她偷偷地到二公主的房里，拿走了一个发夹。二公主发现少了一个发夹，便到三公主房里拿走一个发夹；三公主发现少了一个发夹，也偷偷地拿走四公主的一个发夹；四公主如法炮制拿走了五公主的；五公主一样拿走六公主的；六公主只好拿走七公主的。于是，七公主的发夹只剩下九个。

隔天，邻国英俊的王子忽然来到皇宫，他对国王说："昨天我养的百灵鸟叼回了一个发夹，如此精致而又漂亮的发夹，我想这一定是属于公主们的，这真是一种奇妙的缘分，不知道是哪位公主掉了发夹？"

公主们听到这件事，都想说："是我掉的，是我掉的。"可是她们头上明明完整地别着十个发夹，所以都懊恼得很，却又不能说出来。只有七公主走出来说："我掉了一个发夹。"话才说完，一头漂亮的长发因为少了一个发夹，全部披散下来，王子不由得看呆了。

故事的结局，当然是王子与七公主从此一起过着幸福快乐的日子。

现实生活中往往都是这样，人们一有缺憾就拼命去补足……殊不知有时缺憾本身就是一种完美的状态。

第八辑

诚实谦和

做一个受人欢迎的人

伟大的拾贝者

1643年1月4日，牛顿出生于英格兰林肯郡格兰瑟姆附近的沃尔索普村的一个农民家庭。牛顿出生前三个月，他的父亲就去世了。牛顿3岁时，他的母亲改嫁给了一位牧师，而把牛顿托付给了他的外祖母。

牛顿的舅舅威廉·艾斯考夫是剑桥大学的毕业生，他时常来探望小牛顿，并充当他的启蒙老师。受舅舅的影响，1661年6月，牛顿考取了剑桥大学。在剑桥大学三一学院，牛顿学习优秀，掌握了大量的数学、几何及天文学知识，为他以后的研究工作奠定了坚实的基础。

牛顿一生为世界科学做出了巨大贡献，他的三大成就——光的分析、万有引力定律和微积分学，为现代科学的发展奠定了基础。因此，他也被称为“近代科学的开创者”。但牛顿在科学上获得伟大成就时从不沾沾自喜，更不会自以为很了不起。

当年，牛顿费尽心血发现“万有引力定律”后并没有急于发表，而是继续孜孜不倦地深思了数年，计算了数年，其间从未对任何人讲过一句。后来，牛顿的朋友、天文学家哈雷（哈雷彗星的发现者）在证明一个关于行星轨道的规律遇到困难时，专程登门请教牛顿。牛顿把自己计算“万有引力”的书稿交给哈雷看。哈雷看后才知道他所要请教的问题，正是牛顿早已解决、早已算好的问题，心里钦佩不已。

在1684年11月某一天，哈雷又到牛顿的寓所拜访。当谈到有关天文学的学术问题时，牛顿拿出论证“万有引力”的论文请哈雷提意见。哈雷看后，对这部巨著感到非常惊讶。他再三劝说牛顿尽快发表这部伟大著作，以造福于人类。可是，牛顿没有听从朋友的劝告，而是又经过长时间的一丝不苟的反复验证和计算，在确认正确无误后，他才于1687年7月将《自然哲学的数学原理》出版面世。

曾经有人问牛顿：“你获得成功的秘诀是什么？”牛顿回答说：“假如说我有一点微小成就的话，没有其他秘诀，唯有勤奋而已。”

1727年3月31日清晨，牛顿逝世。他的临终遗言是：“我不知道世人对我评价怎样。但我却这样认为——我好像是一个在海滩上玩耍的孩子，时而为拾到几块晶莹剔透的石头而欢呼，时而为拾到几片美丽的贝壳而雀跃。可是，对于面前的那一片浩瀚无垠的大海，我却一无所知，而那才是真理的真正之所在。”

骄傲自满
是自己亲手挖掘的陷阱

杨万里是南宋著名的诗人，他知识渊博，才华横溢，所写的诗，蜚声四方。但他为人很低调，一直非常谦虚。

江西有一个名士一向很自负。他常常说自己学识渊博，天下没有人胜得过他。后来，他听说杨万里很有名，非常不服气，决定给杨万里写一封信，说要亲自到杨万里的家乡吉水去拜访他。杨万里早就听说这个人一贯骄傲得不得了，就给他回了一封信，说："我很欢迎您的到来，冒昧地向您提一个小小的要求，听说您家乡的配盐幽菽（shū）非常有名，很想亲口尝尝，请您来时顺便捎带一点。"

那个名士拆信一看，不禁一下子愣住了。什么是配盐幽菽呀？自己从未听说过啊。他想了很久，也想不出是什么东西，又不愿意放下身份去问别人，只好自己在街上到处乱找，但找了很久也没有找到。

后来，他实在想不出是什么东西，只好空着手来到吉水。他见到杨万里后，寒暄了两句就问："你信中提到的配盐幽菽是不是卖的地方比较偏僻，我找了很久也没有找到。实在抱歉！"

杨万里听了哈哈大笑起来："你们那里家家户户都有啊。"说着，他随手从书架上取下一本《礼部韵略》翻开当中的一页。名士接过来一看，上面明明白白地写着"豉，配盐幽菽也"一行字。他这才明白，原来所谓配盐幽菽，就是家庭日常食用的豆豉啊！豆豉是用黄豆或黑豆泡透煮熟，再发酵后制作的食品，再配上盐，这道小菜的别名就叫配盐幽菽。

名士看了非常惭愧，他这才明白自己平日读书太少了。从此以后，他再也不敢骄傲自大、目中无人了。

做事不要不懂装懂

一只居住在图书馆里的老鼠和一只居住在粮仓里的老鼠相遇了。图书馆里的老鼠摆出一副学者的架子，傲气十足地对粮仓里的老鼠说："可怜的家伙，为了填饱肚子，你们甘愿住在干燥、憋闷的谷仓里。那里除了稻谷之外，什么也没有。可想而知，只有物质满足，缺乏精神享受的生活该有多么乏味啊！图书馆里是多么安静啊，古今中外，经史子集，我都能见到。"

"这么说，您一定是位知识渊博的学者了。"粮仓里的老鼠虔诚地说道。

"咳，这有何难。它们的一字一句我都要细细咀嚼，一页页装进肚里。"图书馆里的老鼠说。

"这太好了，我正有一事需要向像您这样知识渊博的老兄帮忙。"说完，粮仓里的老鼠把图书馆里的老鼠带到一座粮仓里，指着墙角的一个瓶子说："您认得字，请看看这标签上写的是'香麻油'还是'灭鼠药'。"

图书馆里的老鼠根本不认识字。看见标签上三个黑乎乎的大字，哪里认得是"香麻油"还是"灭鼠药"。

就在它进退两难之时，有一股香油味从瓶口飘出，于是，它就凭直觉猜测断定："这是香油。"

"真的？看清楚了吗？"粮仓里的老鼠说。

"没错，不信，我先喝给你看。"为了证明自己博学，同时也是为了一饱口福，图书馆里的老鼠扳倒瓶子就喝了起来。谁知只喝了几口，就浑身抽搐。不一会儿，便四腿一蹬，死翘翘了。

后来，粮仓里的老鼠才知道，那个飘着香油味的瓶子上写的分明是"灭鼠药"。

放低自己，才能取得人生新高度

看过这么一句话：“大地只有放低自己的姿态，才能聚水成海；人只有放低自己的气势，才能最终成才。”懂得放低自己的人，才能积蓄更多的力量；才能有朝一日，一飞冲天。

有一次，京剧名角梅兰芳在台上表演《杀惜》，底下的观众喝彩连连。唯有一位老者大声批评道：“这是什么名角，连舞剑都走了样，还敢登台！”

众人见状，纷纷劝慰梅兰芳：“一个老头胡说八道，您不必放在心上。”梅兰芳却没有不了了之，而是四处托人打听到老者的住处。他特意雇了一辆车，恭恭敬敬地到老人家中拜访，跟他讨教：“老人家，您那天点评得好，我的确演艺不精，特来向您求教。”

老者却一口回绝：“您可是名角，我哪敢指教。”

梅兰芳又鞠了一躬，说：“晚辈才疏学浅，一心想弘扬国粹，希望能得到您的指点。”

老者还是摇摇头，梅兰芳继续鞠躬恳求。老者这才说：“既然你这般诚恳，我就指点一二吧。其实你演得很好，唯一不足的是，你在演戏时，用的是男人的剑法，这不符合虞美人的身份啊！”

梅兰芳听完，恍然大悟，向老者拜谢。从那以后，梅兰芳跟着老者学习男女不同的舞剑方法，演技在原来的基础上，又有了新的突破。

众人得知此事，都夸梅兰芳谦逊好学，他却说：“自己的剑术不佳，能有贵人相助，帮我批评指正，那是我的福分，当然要虚心学习。”

成熟的麦穗，是饱满而弯下腰的；真正有内涵的人，一定都是俯身做事。高高在上的人，容不下别人的批评，听不进别人的规劝，最终只会故步自封。常怀一颗谦逊之心，谦恭有礼，虚心求教，才能百尺竿头，更进一步。

空杯心态

曾经有一位教授在上课的时候，带来一个空杯子，然后把空杯子展示给同学们看，问同学们："这个杯子里可以装入一些东西吗？"

同学们都毫不迟疑地点头。教授便拿出一些小石块放入杯子里，直到把杯子装满为止。

拿着装满小石块的杯子，教授又问同学们："现在，杯子里还能装入什么东西吗？"同学们不约而同地摇摇头，有些同学喊道："不能了，已经满了。"教授没有说话，而是拿出一些小石子，当着同学们的面装入杯子里，颠了几下，小石子就落入杯子里小石块的缝隙中了。同学们都惊呼起来，教授又举起杯子问同学们："现在，杯子里还能装入什么东西吗？"有些同学摇头，有些同学则谨慎思考，不敢再轻易地回答"不能"。

这时，只见教授拿出一些细沙，将细沙放入杯子里，果然，细沙沿着小石块和小石子之间的缝隙，缓缓地流入杯底。现在看起来，杯子真的已经很满了，不可能再装入任何东西了。因此当教授再次问起“现在，这个杯子里还能装入什么东西”时，同学们都沉默着摇摇头。

然而，教授不慌不忙地拿出一杯水，把水缓缓地倒入杯子里。杯子又装入了一些水，这才真正满了。但是当教授又问起杯子里是否能装入东西时，同学们都沉默着，既不点头，也不摇头，他们都感到很困惑，不知道该如何回答。

教授语重心长地对同学们说：“一个杯子能装入多少东西，不在于东西的多少，而在于它的心是否愿意继续容纳。你们也要像这个杯子一样，时刻保持空杯心态，这样才能不断地进步，不断地充实自己。”

捧着空花盆的孩子

从前，有一位贤明的国王把国家治理得井井有条，人民安居乐业。国王的年纪逐渐大了，但膝下并无子女，这件事让国王很伤心，他决定在全国范围内挑选一个孩子收为义子，并把他培养成自己的接班人。

国王选义子的标准很独特，他给每个孩子发了一些花种子，宣布谁如果用这些种子培育出最美丽的花朵，那么谁就能够成为他的义子。

孩子们领回种子后开始精心培育，从早到晚，浇水、施肥、松土，每个人都希望自己能够成为幸运者。

有个叫雄当的男孩，每天精心地培育花种。但是，十天过去了，半个月过去了，一个月过去了，花盆里的种子却连芽都没冒出来，更别说开花了。苦恼的雄当去请教母亲，母亲建议他把土换一换，但依然无效，母子俩束手无策。

国王决定的观花日子到了。无数个穿着漂亮衣服的孩子涌上街头，他们各自捧着盛开鲜花的花盆，用期待的目光看着缓缓巡视的国王。国王环视着争奇斗艳的花朵与满眼期待的孩子们，并没有像大家想象中的那样高兴。

忽然，国王看见了端着空花盆的雄当。他无精打采地站在那里，眼角还有泪花，国王把他叫到跟前，问他：“你为什么端着空花盆呢？”

雄当抽咽着，他把自己如何精心种植但花种怎么也不发芽的经过说了一遍，越说越沮丧。没想到国王的脸上却露出了最开心的笑容，他把雄当抱了起来，高声说：“孩子，我找的就是你！”

“为什么是这样的？”大家不解地问国王。

国王说：“我发下的花种全都是煮过的，根本就不可能发芽开花。”

捧着装有鲜花花盆的孩子都低下了头，原来他们捧的鲜花都是用自己另外找的种子种出来的。

诚实无价

乔治·华盛顿是美国人，他领导了美国的独立战争，是美利坚合众国的创立者之一。1789年，他当选为美国第一任总统。他为人正直、品德高尚，深受美国人民的爱戴。为了纪念他的功绩，美国的首都以他的名字命名。

华盛顿出生在大庄园主家庭，家中有许多果园，果园里长满了果树，但其中夹着一些杂树，这些杂树不仅不结果实，而且长得高，影响其他果树的生长。

一天，父亲递给华盛顿一把斧头，要他把影响果树生长的杂树砍掉，而且他还再三叮嘱儿

子，一定要注意安全，不要一不留神砍到自己的脚，也不要砍伤正在结果的果树。

在果园里，华盛顿挥动斧子，不停地砍伐杂树。突然，他一不留神砍倒了一棵樱桃树。他害怕父亲知道了会生气，便把所有砍断的树堆在一块儿，用杂树把樱桃树盖起来。

傍晚，父亲来到果园，看到了樱桃树倒下时掉在地上的小樱桃，就猜到是华盛顿不小心把果树砍断了。尽管父亲已经知道了这件事，但却装作不知道的样子，看着华盛顿堆起来的树说：“你真能干，一个下午不但砍了那么多树，还把砍断的杂树堆在一块儿。”

听了父亲的夸奖，华盛顿的脸一下子红了，他惭愧地对父亲说：“爸爸，对不起，只怪我粗心，不小心砍倒了一棵樱桃树，我把树堆起来是为了不让您发现我砍断了樱桃树。我欺骗了您，请您责备我吧！”

父亲听了之后哈哈大笑，高兴地说：“你不愧是个诚实的孩子，对于你的诚实，爸爸感到十分欣慰。虽然你砍断了樱桃树，应该受到批评，但是你没有说谎，我就原谅你了。你知道吗，我宁可损失掉一千棵樱桃树，也不愿意听到你说谎！”

华盛顿不解地问：“诚实真的那么珍贵吗？能和一千棵樱桃树相比？”

父亲耐心地说：“诚实是一个人最基本的品德，一个人只有诚实才能在社会上立足，才能取得别人的信任、得到别人的帮助和支持。看到你这样的诚实，我就放心了，以后把庄园交给你，你肯定会把它经营好的。”

在父亲的教导下，华盛顿一生都把诚实作为做人的基本原则。

假苹果的味道

众多学生向大哲学家苏格拉底请教如何才能保持自我。苏格拉底让大家坐下来，然后拿起一个苹果，慢慢地从每个同学的座位旁边走过，一边走一边说：“请同学们集中精力，注意空气中的气味。”

然后，他回到讲台上，把苹果举起来左右晃了晃，问：“有哪位同学闻到苹果的味道了吗？”有一位学生举手站起来回答说：“我闻到了，这个苹果很香！”

苏格拉底又问：“还有哪位同学闻到了？”

学生们你望望我，我看看你，都不作声。苏格拉底再次走到学生中间，举着苹果，慢慢地从每一个学生的座位旁边走过，边走边叮嘱：“请同学们务必集中精力，仔细嗅一嗅空气中的气味。”

回到讲台上后，他又问：“有人闻到苹果的气味了吗？”这一次，大多数学生都举起了手。

稍停了一会儿，苏格拉底第三次走到学生中间，让每位学生再嗅一嗅空气中的气味。回到讲台后，他再次提问：“同学们，大家闻到苹果的味儿了吗？”他的话音刚落，除一位学生外，其他学生全部举起了手。

那位没举手的学生左右看了看，也慌忙地举起了手。他的神态，引起了一阵笑声。苏格拉底也笑了：“大家闻到了什么味儿？”

学生们异口同声地回答：“当然是苹果的香味儿！”

苏格拉底脸上的笑容不见了，他举起苹果缓缓地说：“非常遗憾，这是一个假苹果，什么味儿也没有。”

相传，当苏格拉底看到雅典德尔斐神庙金顶上刻着的“认识你自己”的格言后，顿生灵感。他说，这才是人生的至理名言，才是哲学的最高任务。因为只有“你自己”，才是每一个人必须去面对和不断探究的。

back
to school
123
ABC
A+

第九辑

多感恩、少抱怨

生命的空间星光灿烂

懂得感恩的小女孩

在一个小镇上，饥荒让所有贫困的家庭都面临着危机。小镇上最富的人要数面包师卡尔了，他是个好心人。为了帮助人们度过饥荒，他把镇上最穷的 20 个孩子叫来，对他们说："你们每一个人都可以从篮子里拿一块面包。以后你们每天都在这个时候来，我会一直为你们提供面包，直到你们平安地度过饥荒。"

那些饥饿的孩子争先恐后地去抢篮子里的面包，有时为了能得到块头大点的面包甚至大打出手。面包师注意到，一个叫格雷奇的小女孩儿每次都在别人抢完以后，才到篮子里去拿最后的一小块面包，她总会记得亲吻面包师的手，感谢他为自己提供食物，然后拿着面包回家。

面包师想："她一定是回家和自己的家人一起分享那一小块面包，多么懂事的孩子呀！"

第二天，格雷奇拿着面包到家后，当她妈妈把面包掰开的时候，一个金币从面包里掉了出来。妈妈惊呆了，对格雷奇说："这肯定是面包师不小心掉进来的，赶快把它送回去还给面包师吧。”小女孩儿拿着金币来到了面包师家里，对他说：“先生，我想您一定是不小心把金币掉进了面包里。”

面包师微笑着说：“我是故意把这块金币放进最小的面包里的，你是一个懂得感恩的女孩，这块金币是对你的奖赏。”

这个故事告诉我们，要想拥有幸福的生活，就要常怀有一颗感恩的心。

懂得感恩的男孩

巴西是一个足球王国，大人小孩都喜欢踢足球。在里约热内卢的一个贫民窟里，有这样一个男孩，他非常喜欢足球，可是又买不起足球，于是就踢塑料盒，踢汽水瓶。

碰巧有一天，当他在一个干涸的小池塘里猛踢一只猪膀胱时，被一位足球教练看见了，他发现这男孩子踢得很是那么回事，于是就送给他一个足球。男孩非常感动，把教练当自己的恩人，得到足球后他踢得更卖劲了，不久，他就能精准地把球踢进远处随意摆放的一只水桶里。

圣诞节快到了，男孩的妈妈说："我们没有钱买圣诞礼物送给我们的恩人，就让我们为他祈祷吧。"男孩跟妈妈祷告完毕，向妈妈要了一只铲子跑了出去，他来到一处别墅前的花圃里，开始挖坑。

男孩正在吃力地挖坑的时候，从别墅里走出来一个人，他问男孩在干什么。男孩抬起满是汗珠的脸蛋，说："教练，圣诞节到了，我没钱买礼物送给您，我愿意给您的圣诞树挖一个树坑。”

3 年后，这位 17 岁的男孩在 1958 年足球世界杯上率领巴西队第一次捧回金杯。一个原来不为世人所知的名字——贝利，随之传遍世界。

小贝利用自己的实际行动，表达了对教练的爱心和感激，他因此也得到教练的喜爱和培养，最终成为世界球王。

孔雀的不满

乌鸦坐在树枝上，深深地叹了一口气。虽然看见树下有吃的，但它连张开翅膀飞向天空的心情都没有。

“瞧瞧我这一身黑不溜秋的羽毛，我自己看了都觉得恐怖。”乌鸦举起一边的翅膀，仔细看了一遍。怎么看，那些羽毛怎么不顺眼。

其实，乌鸦对自己的长相原本没有什么不满。不过，那是在孔雀搬来之前。当孔雀来到树林之时，你都不知道乌鸦有多么惊讶，“天哪，原来世上还有羽毛长得那么漂亮的鸟……”

当孔雀开屏展示自己那美丽的羽毛时，乌鸦的眼睛都直了。花花绿绿的翎毛是那样绚丽夺目，光彩照人。

“神太不公平了。他把世上所有漂亮的颜色都赐给了孔雀，而给我的却只有一点都不美的黑色。”

其实，不只乌鸦因为孔雀而感到不满，连拥有甜美歌喉的黄鹂在见了孔雀后，也长长地叹了一口气：“我的羽毛黑漆漆的，一点儿也不显眼。如果我不唱

歌，估计大家连我在哪儿都不知道吧？再看看孔雀，谁都会对它一见钟情的。”

一天，一直在那儿自卑、抱怨的乌鸦和黄鹂决定去找神，想质问一下为什么不让自己也跟孔雀一样漂亮。

乌鸦和黄鹂来到神居住的地方，正要进门的时候，你猜它们看到了什么？在它们面前的不是孔雀那巨大而优雅的翎毛吗？

“孔雀来找神做什么啊？”乌鸦和黄鹂赶忙屏住呼吸，仔细地聆听孔雀都跟神说些什么。

“神啊，我最近太苦闷了，我一点儿都不幸福。”孔雀垂头丧气地看着神。

“你！你居然说你不幸福？到底是怎么一回事啊？”神担心地看着孔雀。

孔雀哭丧着脸说道：“我对自己的嗓音感到不满。您为什么让我的声音这么难听啊？没我漂亮、身子那么小的黄鹂的声音都比我动听。您不知道，每当黄鹂在树林里放声歌唱的时候，我有多么羡慕它。神，您也赐我像黄鹂一样动听的歌喉吧！”

“什么？你说你声音难听？”神听了孔雀的话，气得脸色都变得难看了。拥有最美翎毛的孔雀，竟然对自己感到不满意，在那儿一个劲地抱怨。神大声地斥责孔雀道：“你真是对你所拥有的东西一点感恩之心都没有。你说你羡慕黄鹂的嗓音？你看看你漂亮的身体吧。你还抱怨吗？我给了你彩虹般的翎毛，你却依然不懂得自爱……你真是只不知足的蠢鸟。”

听罢，孔雀羞愧得不知如何是好。

神愈发严厉地叱责道：“没有一种动物能拥有所有的美好，因为我给每一种动物都赐予了一样长处。”

“是什么啊？”孔雀小声问道。

“鸵鸟虽然没有你漂亮，但它跑得很快；秃鹫拥有无敌的勇敢；乌鸦虽然羽毛黑漆漆的，但它拥有聪明的头脑；而你羡慕的黄鹂，虽然没有其他的长处，但唱歌很好听。现在你知道了吗？所有的动物都有它自己的长处。所以，你别再抱怨了，知足吧。否则，我就把你那漂亮的翎毛全部收回。”

孔雀低着头，一句话都说不出来。乌鸦和黄鹂躲在一边听完神和孔雀的对话，默默地回到了树林。从此以后，它们不再羡慕孔雀了。因为乌鸦比谁都聪明，而黄鹂则拥有世界上最动听的歌喉。

乌鸦反哺、羊羔跪乳

在很久以前，有一个孩子很不孝敬爹娘，爹娘没有办法，只好找孩子的舅舅。舅舅是个放羊倌，每天在山坡上放羊。他虽然没有文化，但对子女的教育却很有办法。他对孩子的爹娘说："把外甥交给我吧，过一段时间他会改过自新，成为孝敬父母的好孩子。"

第二天，孩子被爹娘送到了舅舅家。舅舅见了外甥，既不骂，也不打，二话没说，把一根牧羊鞭递给了外甥，让他跟着自己一起放羊。

六月的一个晌午，太阳像火球一样烤着山坡，鸟儿都藏在树上不出来了。舅舅也把外甥带到一棵大树下乘凉。这时，有几只小乌鸦在炎热的太阳下飞来飞去。

外甥问舅舅："这几只小乌鸦不怕热吗？它们不停地飞来飞去忙什么呢？"舅舅指了指大树上的鸟窝说："鸟窝里有一只老得飞不动的乌鸦，正仰着头、张着嘴，由小乌鸦一口一口地喂食。要是没有这些懂事的小乌鸦喂它，它会饿死的。这叫'乌鸦反哺'。"外甥在一边听了，默默地低下了头。

又有一天，舅舅和外甥在羊圈里摆弄几只小羊羔。外甥看见小羊羔都是跪着吃奶，感到奇怪。就问舅舅：“小羊羔为什么总是跪着吃奶呢？”

舅舅告诉外甥，小羊羔知道是妈妈用奶水喂养它长大的，跪着吃奶是感激妈妈的哺乳之恩。这就是“羊羔跪乳”。

停了一会儿，舅舅又说：“小乌鸦尚且知道反哺老乌鸦、羊羔都还知道跪乳，人难道就不应该孝敬自己的父母吗？”

外甥听了舅舅的一席话，羞愧难当，懊悔地哭了。舅舅心里明白孩子已经觉悟到了自己的过错，于是抱起一只小羊羔，递给外甥说：“带着小羊羔回家去吧，你爹娘正惦念你呢！”

懂得感恩的钱钟书

钱钟书是我国著名的作家。1941 年，钱钟书留学归国后受困于上海沦陷区，由于学术文稿一直没人买，加之要养育女儿，钱钟书只得改写小说。但钱钟书写小说也像写学术文稿一样，十分严谨，每天仅写 500 字。这样的写作速度自然不能马上换来银圆，钱家不但房子越住越小，保姆也雇不起了，妻子杨绛到处兼职上课，亲自操持家务，一家的生活陷入了困顿之中，甚至到了“举家食粥”的地步。

此时，爱国艺术家黄佐临与友人共同创办了苦干剧团，他曾与钱钟书有过交往，了解到钱钟书的困境后，有心帮他一下。但黄佐临知道钱钟书不会随便接受别人的帮助，若贸然施助，钱钟书不领情不说，反会觉得受辱。于是黄佐临决定将杨绛的四幕喜剧《称心如意》和五幕喜剧《弄假成真》两个剧本买下来。按照常规，一般是首期支付 30%，演出结束后才支付余下部分。但签了合同后，黄佐临马上就以最高的标准全额支付了稿酬。

黄佐临的义举救了钱钟书一家。1947年，钱钟书的长篇小说《围城》终于问世，颇受欢迎，不到两年就出了三版。靠着先前黄佐临的帮助及这部小说，钱钟书一家终于摆脱了困境。

《围城》于20世纪80年代重印，在青年中迅速激起了强烈反响。之后有许多家影视公司找上门来，欲与钱钟书协商改编事宜，但钱钟书均不为所动，婉言谢绝。1991年，黄佐临的女儿——擅长拍女性题材的导演黄蜀芹找到钱钟书，表达了想将这部长篇小说拍成电视连续剧的意愿，钱钟书二话没说，欣然同意，合同还没签，就让她赶紧落实演员人选。

黄蜀芹问钱钟书何以对自己如此厚爱，钱钟书说："当年你父亲在我陷于困顿时，及时伸出援手，帮助我们，我们全家都心怀感激，可我们知道黄老先生不求回报，也不愿意提及往事，因此不便打扰，现在终于等到你要拍电视剧，我当然应该给你啦，要知恩图报嘛。"黄蜀芹听后非常感动。

人与人之间，都是相互的。你有恩于我，我也帮助你，情谊加深，善意也不断传递；但若你恩将仇报，就别想再得到更多的帮助，而你也终会被人嫌弃。

人世间最美的情感，莫过于心中时刻怀着的感恩。

我们要相信，自己所种出的善良的种子会生根发芽，长成参天大树时，也会为你遮阴避阳。

两个求职者

两个求职者到一家公司面试。经理把第一位求职者叫到办公室，问道："你觉得你上一家公司怎么样？"

求职者叹了一口气，面色阴郁地回答说："别提了！那里简直就不是一间正常的公司。同事们尔虞我诈，钩心斗角，部门经理粗野无能，蛮横无理，以势压人，整个公司暮气沉沉。在那样的单位工作令人感到十分压抑，简直就是浪费生命，所以我想换个理想的地方。"

"非常抱歉，我们这里恐怕不是你理想的乐土。"经理张口答道，示意他回去。

第二个求职者也被问到这个问题，他微笑着说："我前一家单位挺好，同事们待人热情，乐于互助，经理平易近人，关心下属，整个公司气氛融洽，我在那里工作十分愉快。如果不是希望能更好地发挥我的特长，我真不舍得离开那儿。"

"恭喜，你被录取了！欢迎你加入我们公司。"经理笑吟吟地站起来，与他握手。

生活往往就是一面镜子，你对它笑，它就对你笑；你对它哭，它也对你哭。

抱怨的代价

有一个人20多岁时被人陷害，在牢房里待了10年。后来冤案告破，他终于走出了监狱。

出狱后，他开始了多年如一日的反复控诉、抱怨："我真不幸，在最年轻有为的时候遭受冤屈，在监狱度过本应最美好的一段时光。那样的监狱简直不是人居住的地方！"

85岁那年，在贫病交加中，他终于卧床不起。弥留之际，牧师来到他的床边："可怜的孩子，去天堂之前，忏悔你在人世间的一切罪恶吧！"

牧师的话音刚落，病床上的他声嘶力竭地叫喊起来："我没有什么需要忏悔的！我需要的是诅咒，诅咒那些施予我不幸的人！"

牧师问："你因受冤屈在监狱待了多少年？离开监狱后又生活了多少年？"

他恶狠狠地将数字告诉了牧师。牧师长叹了一口气："可怜的人，你真是世上最不幸的人，他人囚禁了你区区10年，而当你走出监牢本应获取自由的时候，你却用心底里的仇恨、抱怨、诅咒囚禁了自己整整50年！”

说完，这个人就死了。

爱抱怨的百合花

空旷的原野上绽放着一朵百合花，这枝象征着美丽纯洁的百合睁开惺忪的睡眼，忽然发现在她的身边没有一朵和她相似的花，只有望不到边的野草。百合惊惶地大哭起来，她不明白为什么自己没有和群花一起绽放在高贵的花园里，为什么会没有自己的同类来争奇斗艳。

她想这广阔的原野并不是她的家园，可怜的她竟然出生在了一个错误的环境中。任凭小草们如何安抚、劝慰，这朵孤零零的百合总是不停地抱怨着命运的不公，幻想着有一天会有一位善良的王子将她带走。

很多个日子过去了，百合开得更加美丽了，但也更加忧伤了，因为这么多日子以来并没有什么人经过，更别提她的王子了。她的美丽完全无人欣赏。

就在这时，命运给了百合机会。一个牧童无意中经过这里，发现了这株独特而漂亮的百合，牧童惊喜不已，立刻奔了过去。看着向自己奔跑过来的男孩，百合以为等到了自己的王子，她破涕为笑，借着风势用力甩掉脸上的泪珠，她想展现给她的王子最美丽可人的模样。

牧童跑到花前，围着百合看啊、看啊……百合在心中不停地呐喊：快呀，快，快把我带走，带到属于我的乐园去。男孩终于控制不住内心的渴望摘下了百合。

一阵疼痛之后，百合醒悟过来，她的命将夭折在男孩的手中，他不是她的王子，而是她的“撒旦”。

原野上，只有一株残茎随风飘摇着……

第十辑

独立思考 成就睿智人生

情商比智商更重要

海斯是一位学问高深的学者，曾获得世界一流学府斯坦福大学的博士学位。他有过这样一段令他深思的往事：

我从前在部队服役的时候，做过一个智商测试，测试的结果是我获得了160分，是基地里得分最高的。按照测试标准，我的智商已经达到了天才的水平。

我认识一位汽车修理工，我估计他如果参加智商测试，分数大概仅仅是人类智力的平均分——90～100分而已，所以我理所当然地认为我远比他聪明。然而，每当我的汽车出毛病，我又不得不去找这个智商普通的人来解决问题，并对他的结论深信不疑，奉若神旨，而他每次都能让我的汽车变得完好如初。

有一次，他从引擎上抬起头来，笑嘻嘻地对我说："博士，有一个聋哑人到五金店买钉子，他把左手食指和拇指并拢放在柜台上，右手做了几次敲打的动作，店员拿了一把锤子给他，他摇摇头。店员注意到了他左手并拢的拇指和食指，于是给他拿来了钉子，这回聋哑人满意了。那么，博士，我来考考你，接着又来了一个盲人，他想买剪刀，你说他该怎么表示呢？”我伸出食指和中指，做了几次剪的动作。修理工哈哈大笑：“你这个笨蛋！他当然是用嘴说啦！”

接着，他得意地说：“今天我用这个问题考了很多人。”

我问他：“上当的人多吗？”

“不少。但我知道你肯定会上当的。”汽车修理工自信地说。

“为什么？”我大吃一惊。

“因为你受的教育太多了，我知道你有学问，但那会限制你的思考。”汽车修理工狡黠一笑。

海斯无疑是一个高智商的人，但就是一个这么简单的问题，他都没有回答上来，这是为什么呢？

这就是情商在作怪。所谓情商，就是一个人管理自己情绪和处理人际关系的能力。这个故事中的汽车修理工一方面把海斯博士瞧不起自己看在眼里，另一方面判定海斯博士囿于“知识逻辑”，很少设身处地去考虑问题，所以就轻易地把海斯博士引入到“陷阱”当中。

永远的坐票

有一个人经常出差，常常买不到对号入座的车票。可是无论长途短途，无论车上多挤，他总能找到座位。

他的办法其实很简单，就是耐心地一节车厢一节车厢找过去。这个办法听上去似乎并不高明，但却很管用。每次，他都做好了从第一节车厢走到最后一节车厢的准备，可是每次他都用不着走到最后就会发现空位。

他说，这是因为像他这样锲而不舍找座位的乘客实在不多。经常是在他落座的车厢里尚余若干座位，而在其他车厢的过道和车厢接头处，居然人满为患。他说，大多数乘客轻易就被一两节车厢拥挤的表面现象迷惑了，不大细想在数十次停靠之中，从火车十几个车门上上下下的乘客流动中蕴藏着不少找到座位的机会；即使想到了，他们也没有那一份寻找的耐心。眼前一方小小立足之地很容易让大多数人满足，为了一两个座位背负着行囊挤来挤去有些人也觉得不值。他们还担心万一找不到座位，回头连个好好站着的地方也没有了。

与生活中一些安于现状、不思进取、害怕失败的人永远只能滞留在没有成功的起点上一样，这些不愿主动找座位的乘客大多只能在上车时最初的落脚之处一直站到下车。

自信、执着、富有远见、勤于实践，会让你握有一张人生旅途中永远的坐票。

纪晓岚"尽忠"

清朝的乾隆皇帝很喜欢才子纪晓岚，几次微服私访都带着他，平日在皇宫里也最喜欢和他逗趣打乐。

有一次，乾隆皇帝觉得无聊，突发奇想，想测试纪晓岚作为大才子到底有多么聪明。为此，他当即派人把纪晓岚召入皇宫，直截了当地问纪晓岚："纪晓岚，什么叫忠孝？"纪晓岚没想到皇帝要测试他，当即毫不迟疑地回答："所谓忠孝，就是君叫臣死，臣必须死；父让子亡，子必须亡。前者为忠，后者为孝，两者合二为一，就是忠孝。"

纪晓岚的回答正中乾隆皇帝下怀，乾隆皇帝当即对纪晓岚下令："好，朕赐你一死，让你尽忠。"纪晓岚虽心中震惊，但是表面上却不动声色，他知道皇帝不会无缘无故将自己赐死，但是君无戏言，他也不能明目张胆地忤逆。为此，他对着乾隆皇帝三拜九叩，然后就退下了。

看到纪晓岚一去不复返，乾隆皇帝未免有些慌张——这个纪晓岚，不会真的尽忠去了吧！他可不想让聪明绝世的纪晓岚死啊！在焦心如焚中，大概又过去半炷香的时间，纪晓岚终于惊慌失措地回来了，他直接跪拜在乾隆皇帝面前。

乾隆皇帝这才放下心来，脸上却装作暴怒的样子："纪晓岚，你胆敢不忠吗？"纪晓岚委屈地说："皇上恕罪，我的确去跳河了，但是屈原突然现身，怒斥我：'你个纪晓岚真是糊涂，我当年是因为楚怀王昏庸才跳河自尽，你如今有幸伴随在明君身旁，如何能寻死呢？！'我转念一想，觉得屈原说得有道理，又因为见到屈原的魂魄而惊慌失措，所以特意赶回来向您汇报这件事情。"听了纪晓岚的回答，乾隆皇帝不由得拍案叫绝，也给自己找了个台阶下，说："你可真是铁齿铜牙纪晓岚啊！"

卓别林和强盗

有一次，卓别林带着钱独自在路上走着。突然，有个强盗手举着长枪，站在卓别林面前，对着卓别林说：“别动，赶紧把钱交出来！”

普通人遇到这样的事情，一定会吓得不知所措。不过，卓别林可不是普通人，而是著名的喜剧演员，是极具天赋的幽默大师。只见卓别林面色平静，对强盗说：“我当然可以把钱交出来，毕竟我还想活命呢。但是这些钱也不是我的，我还得回去向主人交差呢！要不，你对着我的帽子打两枪吧，这样我回去对主人就有交代了。”

强盗看到卓别林可怜兮兮的样子，就按照卓别林的话去做了。等到强盗打完两枪，卓别林又恳求道：“请您再对着我的衣服开两枪吧，这样我至少可以向主人证明，在遇到强盗的时候，我的确是拼死搏斗了。”

当强盗照做之后，卓别林又哀求强盗对着他的裤腿再开两枪。强盗架不住卓别林的哀求，又对着他的裤腿开了一枪，等他准备开第二枪的时候，才发现枪里没有子弹了。原来，强盗的子弹打光了，卓别林趁机与强盗搏斗并大声呼救，强盗只好狼狈地逃走了。

寻找金表

一个农场主在巡视谷仓时不慎将一只名贵的金表遗失在谷仓里，他找了好久也没有找到，便回家让自己的几个儿子都出来找。

儿子们听说父亲的金表在谷仓里丢了，于是立刻都来到谷仓，他们一直忙到太阳下山，仍然没有找到金表，最后他们一个个都放弃了，陆续离开谷仓回了家。

这时，只有农场主的小儿子在大家离开之后仍不

死心，继续努力寻找。他已经整整一天没有吃饭了，但他还是希望在天黑之前能找到金表。天色越来越暗，整个谷仓里也越来越黑、越来越安静，小儿子点亮油灯，仍然坚持在谷仓内继续寻找。可是虽然他有耐心寻找，但他无论如何迫切地想找到金表，都无济于事。

也许是周围的黑暗和安静给了农场主小儿子启发，

他不再急切地到处翻找，而是停下来让自己的情绪平和下来。当他静坐下来后，奇迹出现了，他隐约听见谷仓内似乎有一个奇特的声音“滴滴”响个不停。小儿子顿时屏住呼吸，此时的谷仓更加安静，那声响清晰可闻。没错，那就是父亲丢失的金表走动的声音！小儿子循声找到了金表，最终得到父亲的赞扬和肯定。

生活中经常会遇到这样的情况。我们虽然很努力，可因为心情急切而不得要领，最终一事无成。只有当我们保持平和心态去面对一切挑战，我们的能力和智慧才能充分发挥出来，我们也就更容易获得成功。

小马过河

马棚里住着一匹老马和一匹小马。

有一天，老马对小马说："你已经长大了，能帮妈妈做点事吗？"小马连蹦带跳地说："怎么不能？我很愿意帮您做事。"老马高兴地说："那好哇，你把这半口袋麦子驮到磨坊去吧。"

小马驮起麦子，飞快地向着磨坊跑去。跑着跑着，一条小河挡住了去路。河水哗啦啦地流着，小马为难了，心想："这河水有多深呢？我能不能过去呢？如果妈妈在身边，问问她该怎么办，那多好啊！"

他向四周望望，看见一头老牛在河边吃草。小马嗒嗒嗒跑过去，问道："牛伯伯，请您告诉我，这条河，我能蹚过去吗？"老牛说："水很浅，刚没小腿，能蹚过去。"

小马听了老牛的话，立刻跑到河边，准备蹚过去。突然，从树上跳下一只松鼠，拦住他大叫："小马，别过河，别过河，河水会淹死你的！"小马吃惊地问："水很深吗？"松鼠认真地说："深得很呢！昨天，我的一个伙伴就是掉进这条河里淹死的！”

小马连忙收住脚步，不知道怎么办才好。他叹了口气，说：“唉！还是回家问问妈妈吧！”小马甩甩尾巴，跑回家去。

妈妈问：“怎么回来啦？”

小马难为情地说：“一条河挡住了，我……我过不去。”

妈妈说：“那条河不是很深啊。”

小马说：“是啊！牛伯伯也这么说。可是松鼠说河水很深，还淹死过他的伙伴呢！”

妈妈说：“那么河水到底是深还是浅？你仔细想过他们的话吗？”

小马低下了头，说：“没……没想过。”

妈妈亲切地对小马说：“孩子，光听别人说，自己不动脑筋，不去试试，是不行的。河水是深是浅，你去试一试就会明白了。”

小马跑到河边，刚刚抬起前蹄，松鼠又大叫起来：“怎么，你不要命啦？！”小马说：“让我试试吧。”他下了河，小心地蹚了过去。

原来河水既不像老牛说的那样浅，也不像松鼠说的那样深。

镰刀灭蚊子

约翰·杜威是美国著名的哲学家、教育家。小时候，杜威是一个沉默寡言且不太聪明的孩子。一年夏天，学校刚扩建完毕，很多地方需要清理。杜威的班级蚊子特别多。尤其傍晚，同学们被叮咬得根本无心上课。

一天放学时，老师吩咐学生自带工具，准备进行“灭蚊”行动。第二天，同学们带来了各种工具，捕蚊网、灭蚊拍、灭蚊药水等等。当杜威拿着一把镰刀走进教室时，同学们都露出了吃惊的表情，用镰刀灭蚊子？真是天大的笑话！

接下来，同学们在教室里忙了起来，直到累得筋疲力尽，蚊子还是不断冒出来，怎样都消灭不完。而杜威呢，他独自走出教室，来到后面的一片杂草丛旁，挥舞镰刀割起草来。同学们发现，随着杂草的清除，加上大家的努力，蚊了似乎消失了。

同学们这才佩服起杜威来，个个都向他竖起了大拇指。杜威则红着脸说：“昨天我发现，教室后面的杂草丛才是蚊子的来源和藏身之处，把杂草清理掉，教室的蚊子应该会彻底消失。”

只有看清事物的本质，找到问题的根源，才能彻底而有效地去解决问题。

受损的苹果

有一个美国人叫詹姆斯，他是在新墨西哥州山上种植苹果的果农。他每年都用邮购的方式把一箱箱苹果寄给各地的顾客。因为他对自己种的苹果品质很有信心，所以大胆采取不满意包退的销售方式。多年来，他的生意一直都很好。

不料有一年冬天，新墨西哥州下了一场罕见的大冰雹，苹果由于受到冰雹的袭击，个个出现斑痕。面对整个果园受损的苹果，詹姆斯悲痛欲绝。

伤心之际，他顺手摘下一个苹果狠狠地咬上一口，突然发现受损的苹果虽然外表不雅，却比以前更香、更甜、更脆。他自言自语地说："多可惜啊！好吃却不好看，有什么补救的方法呢？"

詹姆斯搜肠刮肚，绞尽脑汁苦思数日，终于想通了，他照样把那些像是长了雀斑的苹果整箱寄给顾客，不过在苹果装好箱后，在最上层都附上了一张纸条，上面写着："这次寄上的苹果，因为经历了一次特别的挑战，都长了些雀斑。就像那些怀了宝宝的妈妈们才会长雀斑一样，所以她们比过去更甜美！”

顾客收到货之后，都会心一笑，不但没有人退货，反而更多人追加购买苹果，订单纷至沓来。

画在木板上的草莓

小海伦是一个可爱的小姑娘，可是她有一个小毛病，那就是她每做一件事情都要花费大量的时间来抉择与准备，而不是马上行动，所以总是后悔不已。

一天，邻居告诉她史密斯家的牧场里有很好的草莓可以自由采摘，他愿意以每夸脱（容量单位，现已不用。美制：1 夸脱 =0.946 升。）15 美分的价格收购。海伦听到这个消息后高兴极了，谢过邻居之后，她马上回家准备。

到了家里，她不是立刻找出篮子准备出门，而是在家里埋头计算采 5 夸脱草莓可以挣多少钱。她拿出一支笔和一块小木板，认真计算起来，结果是 75 美分。

“要是能采 10 夸脱呢？”她满怀希望地憧憬着，“那我又能赚多少呢？”

“上帝呀！”她得出答案，“我能得到 1 美元 50 美分呢！”

“这样我就可以买回那条我向往已久的项链了，它就挂在镇上贝迪的服饰店里。”小海伦越想越兴奋。

小海伦接着算下去，“要是我采了 50 夸脱、100 夸脱、200 夸脱，我会得到多少钱？哇，那样的话，我还可以给妈妈买双袜子，给妹妹买些糖果……”

她将一早上的时间都花费在计算这些无意义的数字上，转眼已到了吃午饭的时间，她只得下午再去采草莓了。

小海伦吃过午饭后，急急忙忙地拿着篮子向牧场赶去。到那里时，她发现大家早就把好的草莓都摘光了，只剩下一些还没成熟的草莓，可怜的小海伦最终只采到了 1 夸脱小草莓，自然一切幻想都泡汤了。

大象画画

大象自幼学画画，是一位小有名气的画家。

有一次，它画了一幅风景画，在送去展览之前，想先请朋友们看一下。它想，要是这样就拿到外面展览，万一不好，那时可就丢脸了。

朋友们也愿意赏脸，都答应过来看看。大象十分高兴，但它心中也有点不安：朋友们看了这幅画会不会喜欢呢？如果不满意，它们将会发出怎样的批评？

朋友们来了，大象把画小心翼翼地展开。大家有的近看，有的远观，看得都很认真。

鳄鱼首先发言道："我看画得挺不错！但遗憾的是，怎么没有尼罗河……"山羊捋着长胡子，也发表了它的看法："画得美极了！不过我认为，要是能够再加上一片菜园子的话，那就完美无瑕了。"

海豹是个急性子，它并没有什么过渡语，而是不满地直说道："没有尼罗河、菜园子还无所谓，但怎么可以没有雪呢？雪多美！没有雪也该有冰啊！"田鼠觉得奇怪，说道："没有冰雪还可以理解，但没有稻田总有点儿说不过去吧！画家怎么忘掉了呢？”

接着，猪先“呼噜，呼噜”两声，接着说道：“我觉得画得挺好看啊！各位朋友，依我看，上面如果画些西瓜或者其他一些水果会更妙。”

大家的态度都很诚恳，建议也都很积极，所有意见大象都一一接受了。它拿起画板重新动手，要用它的一支笔，满足所有朋友的要求，以使大家个个满意。

于是，大象在画上添加了冰天雪地、尼罗河、菜园子、稻田、瓜地……最后，大象把这幅画改完了，请朋友们再到它家中观摩。朋友们瞧了瞧画，异口同声地说：“这是什么画啊，乱七八糟的！”

第十一辑

爱和包容

让生命宽如海洋

雪崩的那一瞬间

罗莎琳是一位13岁的东欧少女，性格内向，胆小羞怯，和母亲索菲亚相依为命。因为贫穷，罗莎琳常常受到许多人的歧视和欺辱。久而久之，她对母亲也开始心生怨恨，认为正是母亲的卑微才使她遭受如此多的苦难。罗莎琳的母亲索菲亚在一家清洁公司工作，每天起早贪黑地忙碌也只能拿到微薄的薪水，看到女儿的性格日益孤僻，她心里也很难受，总想做些什么能让女儿快乐起来。

2002年2月下旬的一天，索菲亚兴冲冲地回家对女儿说，为了表彰她的努力工作，公司要放她一个星期的假，她想带罗莎琳去阿尔卑斯山滑雪。出发前，索菲亚特意去商店买了两套银灰色的羽绒服，因为她觉得这种颜色跟雪最接近，而雪让人想到美丽和圣洁。

心仪已久的滑雪活动让母女俩兴奋不已，她们的心完全沉醉在阿尔卑斯山那美丽而壮观的雪景中。不知不觉母女俩就偏离了滑雪场指定的区域，一场突如其来的雪崩正悄然而至……

突然，罗莎琳感觉脚下的雪地在轻微地颤抖，同时她听见一种如汽车引擎轰鸣的声音从雪坡的某个地方越来越响地传来。几乎与此同时，索菲亚也感到了异常，她很快就意识到了什么，马上冲女儿大叫：“糟糕！发生了雪崩！”索菲亚的话音刚落，一座小山似的巨型雪块发出雷鸣般的响声，朝她们站立的地方飞速扑来。在雪块接近身体前的短暂时间里，索菲亚扔掉滑雪杆，拉着女儿的手连滚带爬地迅速奔向雪坡中部的一块巨大的岩石，正是这块巨大的岩石起到了救命作用，它阻挡了本来可能压在索菲亚母女俩身上的巨大雪块，同时它和地面形成的大气空间为母女俩提供了宝贵的氧气。母女俩拼尽全力，艰难地刨开积雪，筋疲力尽地坐在雪地里大口大口地喘着粗气，等待救援。

令人绝望的是，虽然母女俩发现了四五架救援直升机从天空飞过，但是都没有人发现身穿银灰色羽绒服、几乎和雪地浑然一色的她们。母女俩跌跌撞撞地在深可没膝的雪地里艰难跋涉着，饥饿和寒冷的痛苦紧紧地纠缠着她们，罗莎琳终于走不动了，她和母亲彼此依靠着坐了下来，极度的疲劳和饥饿使她很快就伏在母亲的腿上进入了梦乡……

罗莎琳醒来的时候发现自己躺在医院里，她开始还以为是梦，但医生告诉她，她昏迷在雪地里，被雪崩救援人员发现，然后被紧急送到了红十字医院。医生还无不沉痛地告诉罗莎琳，真正救她的其实是她的母亲！救援人员在索菲亚的遗体旁发现了一块染满鲜血的岩石切片，而她的左手动脉被切开了。事后经过法医勘查现场，推测是索菲亚自己用岩石切片割断了动脉，然后在血迹中爬行了十几米的距离，目的是想让救援直升机在空中能够发现她们的位置，而救援人员正是因为看见了雪地上那道鲜红的长长的血迹才意识到下面有人……

医生的话还没有说完，罗莎琳就痛哭起来。她一直以为做清洁工的母亲是极其卑微的，甚至曾以母亲的卑微为耻，但是在那一瞬间，她发现母亲是如此伟大！在这次雪崩灾难中，在迟迟得不到救援的生死关头，母亲以一种感天泣地的行为，用自己脉搏里流淌的鲜血给了女儿生存下去的希望。罗莎琳终于心痛地明白：自己原来一直都拥有着一份人世间最珍贵的财富，那就是比血还浓的母爱！

为爱奔跑的父亲

霍伊特组合是一对美国父子，父亲叫迪克·霍伊特，儿子叫瑞克·霍伊特，他们是一对长跑健将，他们所组成的 Team Hoyt 是马拉松、铁人赛的常客。在过去的 30 多年里，他们平均一年参加 30 个赛事，这其中包括：

78 次半马拉松赛、64 次的马拉松赛、24 次著名的波士顿马拉松赛、20 次铁人两项赛、7 次 18.6 英里（英美制长度单 1 英里 = 1.6093 公里）赛、34 次 10 英里赛、143 次 5 英里赛、27 次 7.1 英里赛、15 次 4 英里赛、2 次 11 公里赛、8 次 15 公里赛、204 次 10 公里赛、4 次 8 公里赛、92 次 5 公里赛、206 次奥运标准的铁人三项赛、6 次被公认不是常人可以承受的终极铁人三项赛……

之所以要罗列如此详细的列表，是因为一会你很可能还会倒回来再读一次这些枯燥的数据。霍伊特组合从来都是两个人一起参赛，原因是儿子瑞克不能说话，也不能走路，必须长期坐在轮椅上。

瑞克是天生残障，在出生时因脐带绕颈导致脑部缺氧受损。当时，迪克夫妻就被医生告知，孩子是植物人，没有任何希望，因此他只能在轮椅上度过他的一生。当瑞克九个月大时，医生还建议他们把瑞克送去疗养院。然而，他们夫妇俩拒绝了，他们希望尽量让孩子有一个“正常”的成长环境。

同在屋檐下一起生活时，父亲迪克发现瑞克的眼睛会紧盯着他们。这让他们夫妇俩深信瑞克的智力与其他兄弟一样正常。直到瑞克十一岁时，他们把他送

到塔夫茨大学 (Tufts University) 的工程系，询问是否有令孩子与人沟通的办法，可惜得到的回复是：“不可能，他根本没有任何脑部活动。”父亲迪克反驳说：“跟他说个笑话吧。”他们便说了个笑话，瑞克果然笑了，这证明了他的脑内确实有不少活动。结果，他们为瑞克加装了一部能用头的侧面控制鼠标的计算机，瑞克终于能和外界沟通了。

在瑞克十五岁时，他的一位中学同学因意外而瘫痪了，学校为那位学生举行跑步筹款，瑞克便通过电脑打出以下文字：“爸爸，我也想参加。”迪克之前并非跑步运动员，也没有跑过马拉松赛，但因为儿子的要求就参加了，于是他就推着坐在轮椅上的瑞克跑完了 5 英里的全程。

义跑结束之后瑞克在电脑上打出：“爸爸，我今生第一次不觉得自己残障了！”这句话深深地震撼了爸爸迪克！他决心要把那种感觉尽可能多的带给儿子。

于是父亲迪克开始为 1979 年的波士顿马拉松赛做准备。但比赛当局的一句“不接受报名”把父子俩拒之门外，原因是父子俩既不是单独跑手，又不是轮椅参赛者。结果几年来，他俩只在赛事中跟着大队一起跑，但他们终于找到正式参加比赛的方法：1983

年，他们参加了另一个马拉松赛，他们速度之快，令他们能入围一年后的波士顿马拉松赛。

后来有人对迪克说："为何不参加铁人三项赛？"一个从来未曾学过游泳的人，一个自六岁起便从未骑过自行车的人，如何能拖着110磅（50公斤）的儿子完成三项全能赛？

但迪克还是勇于一试。屈指一算，他现在已完成了212次三项全能赛，当中包括了四次在夏威夷举行，极费体力的15小时铁人赛！

因为对儿子的爱，迪克去学习游泳，学习骑自行车……他愿意为瑞克做出许多的牺牲和付出，他曾拖着他的儿子越野滑雪，也曾背着他爬山，其中一次更是用自行车拉着他横越美国。从那时候开始，他们父子就常以"Team Hoyt"的组合形式报名参加马

拉松和铁人三项赛：跑步时迪克就推着瑞克跑，游泳时迪克就拖着瑞克躺着的橡皮艇游，骑自行车时迪克就骑着特制的自行车将瑞克放在自行车前骑乘……

那么迪克为何不试试自己一个人参加比赛，看看表现如何？“我不会独自参赛。”迪克说。他参加比赛纯粹是为了当他们一起跑步、游泳和骑自行车时，看到瑞克面上露出甜美笑容时的“奇妙感觉”。

今年，迪克与瑞克分别 73 岁和 51 岁，累计已完成了 1000 场各种比赛，在他们参加过的波士顿马拉松比赛中，他们的最佳成绩是 1992 年的两小时 40 分——只落后世界纪录 35 分钟；当然，或许你还未留意到，这世界纪录是由一个推着轮椅的非专业运动员所创的。

有一天，瑞克请父亲吃晚饭，他说最想送给父亲一份礼物，却又是他永远无法实现的。瑞克在电脑上打道：“我最想送给爸爸的，是爸爸坐在轮椅上，让我推他一次！”

包容的力量

当林肯竞选美国总统时，他的强敌斯坦顿因为某些原因而憎恨他，斯坦顿想尽办法在公众面前侮辱他，毫不保留地攻击他的外表，故意制造事端为难他。尽管如此，在林肯当选美国总统后，要选一位最重要的参谋总长，他没选别人，而是选择了斯坦顿。

当消息传出时，一片哗然，街头巷尾议论纷纷。林肯不为所动，他回答说："我认识斯坦顿，我也知道他从前对我的批评。但为了国家前途，我认为他最适合这个职务。"果然，斯坦顿为国家以及林肯做了不少重要的工作。

过了几年，在林肯遇刺身亡后，许多颂赞的话语都在形容这位伟大的政治人物。然而，在所有颂赞的话语中，要数斯坦顿的话最有分量。他说："这里躺着有史以来最完美的总统。"

林肯总统的一生，是包容仁爱的象征。他用包容这种高贵的力量征服了一个又一个政治对手，有许多人还因此成为他的忠实追随者。对当时的战争部长斯坦顿以及著名将军麦克莱伦，他都用一颗博大的心来包容他们的责骂和反对，并最终赢取了他们的心。

总统夫人的蛋糕鞋子

美国前总统克林顿的夫人希拉里在结束国务卿任期后出版了自己的自传《抉择》一书。

“她的书不可能卖得好，我敢打赌，假如超过一百万本，我把鞋子吃下去。”这是一位脱口秀主持人针对美国总统克林顿的妻子希拉里写的自传的辛辣点评。

上天往往爱好打趣把话说绝的人，希拉里的自传没过多少个礼拜就畅销了一百万本。读者和观众们开始在网络上起哄，要求那位打赌吃鞋子的主持人该品尝一下鞋子的滋味了。

没错，他确实兑现了吃鞋子的诺言。不过，鞋子的质地不同寻常，主持人吃下的是总统夫人希拉里特地为他定做的鞋子外形的蛋糕。那味道必定棒极了，因为它里面加了一种特别的调料——宽容。

面对主持人的讥嘲，希拉里并不是回敬他激烈的反击或等着看他吃鞋子，而是用一种风趣宽容的方式巧妙地化解了这场冲突。总统夫人因宽容而更加让人敬仰，蛋糕鞋子因宽容而更加美味可口！

尊 重

一个40多岁优雅的女人领着她的儿子走进某著名企业总部大厦楼下的花园，并在一张长椅上坐下来吃东西。

不一会儿妇女往地上扔了一个废纸屑，不远处有个老人在修剪花木，他什么话也没有说，走过去捡起那个纸屑，把它扔进了一旁的垃圾箱里。

过了一会儿，妇女又扔了一个。老人再次走过去把那个纸屑捡起扔到了垃圾箱里……就这样，老人一连捡了三次。

妇女指着老人跟儿子说："看见了吧，你如果现在不好好上学，将来就跟他一样没出息，只能做这些卑微低贱的工作！"

老人听见后放下剪刀过来说："你好，这里是集团的私家花园，你是怎么进来的？"

中年女人高傲地说："我是刚被聘用的部门经理。"

这时一名男子匆匆走过来，恭恭敬敬地站在老人面前，对老人说："总裁，会议马上就要开始了。"

老人说："我现在提议免去这位女士的职务！"

"是，我立刻按您的指示去办！"那人连声应道。

老人吩咐完后径直朝小男孩走去，他伸手抚摸了一下男孩的头，意味深长地说："我希望你明白，在这世界上最重要的是要学会尊重每一个人和每个人的劳动成果……"

中年女人被眼前骤然发生的事情惊呆了。她一下子瘫坐在长椅上。

财富不是一辈子的朋友，学会尊重才是一辈子的财富。这才是人生的最高境界。

冯谖为孟尝君买义

孟尝君，战国四公子之一，他喜欢广泛招揽天下宾客，舍业厚遇，有食客数千人，名倾天下。齐国有一个人名叫冯谖（xuān），生活拮据，经常食不果腹，听说孟尝君仁义，就投身到孟尝君门下做食客。

有一次，孟尝君要派人去薛城收债时，竟没有一个人敢站出来。而这时冯谖却挺身而出，孟尝君很高兴，就把收债的契约票据交给了冯谖。临行时冯谖问："如果债收完了，需要买什么回来吗？"孟尝君说："您看我家里缺什么就买点什么回来吧！"

冯谖赶着车来到了薛城后，派官吏把该还债务的百姓找来核验契据。核验完毕后，他假托孟尝君的命令，把所有的债款又赏赐给了欠债人，并且在百姓面前把契据全部都烧掉了。百姓都高呼"感谢恩人孟尝君"。

接着，冯谖赶着车马不停蹄地回到齐都，第二天清晨他就去求见孟尝君。冯谖回来得如此迅速，使孟尝君感到很惊讶，于是立即召见他，问道："债都收完了吗？怎么回来得这么快呢？”

冯谖说：“都收了。”

“买什么回来了？”孟尝君问。

冯谖回答道：“您不是曾说过‘看我家缺什么’吗？我就私下考虑您宫中已经积满了珍珠宝贝，外面马房又多的是猎狗、骏马，后庭又多的是美女，您家里别的都不缺了，所缺的只不过是‘仁义’罢了，于是我就用债款为您买了‘仁义’。”

孟尝君道：“买仁义？怎么回事？”

冯谖道：“现在您只不过有块小小的薛城封地而已，如果不爱护百姓，视民如子，而用商贾之道向人民图利，这怎么能行呢？所以我就以您的名义，把债款赏赐给百姓，还顺便烧掉了契据，以致百姓欢呼‘感谢恩人孟尝君’，这就是我为您买义的方式啊！”

孟尝君听后很不快地说：“唉，先生……算了！”

一年后，孟尝君被罢去了宰相的职位，他被迫又返回自己的领地——薛城。薛城百姓听说免去他们债务的孟尝君又来了，于是杀牛宰羊，扶老携幼，出城十里迎于道中。面对百姓的热诚欢迎，孟尝君此刻才恍然大悟：冯谖所买的“义”原来如此！

拿破仑的宽容

拿破仑在长期的军旅生涯中养成了宽容他人的美德。作为全军统帅，批评士兵的事经常发生，但他每次都不是盛气凌人的，而是能很好地照顾士兵的情绪。士兵对他的批评往往欣然接受，而且对他充满了热爱与感激之情，这大大增强了他的军队的战斗力和凝聚力，从而使这支军队成为欧洲大陆一支劲旅。

在征服意大利的一次战斗中，士兵们都很辛苦。拿破仑夜间巡岗查哨。在巡岗过程中，他发现一名站岗士兵倚着大树睡着了。他没有喊醒士兵，而是拿起枪替他站起了岗，大约过了半小时，哨兵从沉睡中醒来，他认出了自己的最高统帅，十分惶恐。

拿破仑却不恼怒，他和蔼地对他说："朋友，这是你的枪，你们艰苦作战，又走了那么长的路，你打瞌睡是可以谅解和宽容的。但是目前，一时的疏忽就可能断送全军。我正好不困，就替你站了一会儿，下次一定要小心。"

拿破仑没有破口大骂，没有大声训斥，没有摆出元帅首长的架子，而是以身作则，并语重心长、和风细雨地间接指出士兵的错误。有这样大度的元帅，士兵怎能不英勇作战呢？！

陶行知先生的四颗糖

大教育家陶行知先生当校长的时候，有一天看到一个男生用砖头扔向另一个男生，十分危险，便将其制止，并叫他下午三点到校长办公室来。

没到三点，男孩就到校长室门口等候，眼神迷离无光，情绪起伏不定，内心暗流涌动——没发泄完的愤怒、错误行为的自责、面对校长责问的恐惧、同学们即将看笑话的羞愧、还有可能找家长的担忧……

陶行知校长准时回到办公室，发现男孩已经等在那里。他笑着掏出一颗糖说："这颗糖是奖励给你的，因为你很守信，不但没迟到，还提前到了。"眼前的这颗糖像一颗炮弹把男孩打得有点晕了，他完全没明白咋回事。

接着校长又掏出一颗糖，说："这也是奖励给你的，我让你住手，你就立即住手了，说明你很尊重校长，尊重别人是最重要的品质啊。"

男孩被这第二颗糖彻底击晕了……陶先生又说道："据我了解，你拿砖头扔同学是因为他欺负女生，这说明你很有正义感，我再奖励你一颗。”

这时，淘气的男孩已经泣不成声，内心的良知之光越来越亮。男孩说：“校长，我错了，同学再不对，我也不能采取这种暴力方式。”

陶先生微笑着说：“你知错认错，实在难得，不得不再奖励你一颗。我的糖发完了，我们的谈话也结束了，回去吧！”男孩手握四颗糖，眼神里充满着一种前所未有的光。

这普普通通的四颗糖，在陶行知的手中似乎有了生命：第一颗糖，尊重和理解；第二颗糖，信任和支持；第三颗糖，赏识和鼓励；第四颗糖，宽容和体贴。

陶行知先生善于发现孩子的闪光点并巧妙激励，用四颗糖化解了孩子心中的愤怒、自责、恐惧和羞愧，如同一道光照亮了孩子。

第十二辑

迈向卓越

诺奖得主的励志人生

古迪纳夫：我 97 岁了，还年轻

手机、电脑、电动汽车，在今天已经算不上稀罕物品了。它们是不同的东西，但却有个共性——都需要电池，而且普遍用的是锂离子电池。锂离子电池从面世到普及不过 20 多年的时间，它的背后站立的是一群精耕多年的科研人员。2019 年诺贝尔化学奖便授予了在锂电池领域有突出贡献的三位科学家，称他们创造了“一个可充电的世界”。

其中，打破诺贝尔奖最高龄获奖纪录，97 岁的约翰·古迪纳夫更是功勋卓著，被称为“锂离子电池之父”。19 岁参加二战、54 岁开始电池研究、94 岁投身超级电池研发，翻开他的人生经历，满是传奇。

“特别不好”的前半生

1922 年，古迪纳夫在德国出生。没多久，一家人搬到了美国康涅狄格州郊外乡村，耶鲁大学就在几公里之外，父亲在那里教宗教史。家境殷实，父母都是知识分子，又能亲近乡野，这样的童年本该是快乐的，古迪纳夫却因为父母感情不和而变得越来越内向，10 来岁的古迪纳夫患上了阅读障碍。无法在教室读书时，他带着好奇心去附近的树林探索。古迪纳夫并没有因此而成为野孩子，相反，他积极与阅读障碍做抗争。

青年时期的古迪纳夫以优异成绩考入耶鲁大学，当他来到父亲跟前要学费时，父亲只给了他 35 美元。当时耶鲁一年的学费大概 900 美元。好在校长知晓情况后，介绍他去给富人家的孩子补习，每周工作 21 个小时，再加上奖学金，才能支付学费和日常生活开支。

这之后，古迪纳夫开始一次次面临选择。耶鲁主张通识教育，本科前两年可随便选感兴趣的课程。古迪纳夫一开始选的是古典文学，没多久又转攻哲学，后来考虑到自己的阅读障碍，接受了一位叫迈尔斯的数学教授的建议，主攻数学。可大二还没过完，第二次世界大战爆发，他再次在教授的建议下，入伍参军成了陆军气象学家。退伍后，又在这位老教授的推荐下，获得由国家出资在芝加哥大学攻读物理研究生的机会。

投身电池研究

曾经历“特别不好”的古迪纳夫，在 54 岁那一年迎来了人生的重大转折。这一年他来到牛津，古迪纳夫开始投身锂离子电池研究。当时西方市场上已经有了以锂金属为电极的锂电池，初入市场时它大受青睐，但不到半年，一起可怕的爆炸事故发生，所有电池因安全问题被全球召回。西方市场吓破了胆，对锂电池的态度急转直下：不管是否安全，一概弃用。

但这并没有影响古迪纳夫研究更安全锂电池的决心。他决心要找到一种新的材料来代替。在林肯实验室经过长期的研究，古迪纳夫终于发现了钴酸锂是最好的答案。

改进后的全新的可充电锂离子电池一经问世，就受到市场热烈欢迎，被广泛应用到相机、电脑、手机中，古迪纳夫声名大噪。如今，锂离子电池市场价值 350 亿美元，未来 5 年将增长到 1000 亿美元，但因当初牛津大学拒绝为此申请专利，古迪纳夫一分钱好处也没得到。不过，老爷子心态倒是很好，他说反正当初研究也不是为了钱。

古迪纳夫对锂电池的研究并没有就此打住。钴酸锂虽然使电池提高了安全性，但也有不足之处，一是它价格贵，产量不高，用来做电池成本太高；二是使用一段时间后，性能会快速衰减。因而，古迪纳夫继续寻找新的更为实用的材料。1983年，61岁的古迪纳夫再次发现一种好用的正极新材料——锰尖晶石。这种材料的氧化性远低于钴酸锂，具有低价、稳定、优良导电导锂性能，即便出现短路的情况，也能避免燃烧爆炸的危险，安全性能大大提高。2013年，这种材料已经被用于商业电池。

探索的道路并未就此打住。这种执着劲儿，其实早在古迪纳夫读书期间就可窥一二。有阅读障碍的他，曾坚持学了六年的拉丁语和四年的希腊语。不过，新的问题出现在这位已过花甲之年的老人面前：牛津大学有65岁强制退休的规定。

65岁就退休颐养天年，这对古迪纳夫来说实在是一种无聊至极的生活。所以，抢在被牛津“赶”出去前，他去了得克萨斯大学奥斯汀分校，成为该校机械工程和材料科学教授，继续锂电池研究。

一次发明就可以让科学家名扬天下，古迪纳夫却接连不断给电池行业带来惊喜。1989年，他发现聚合物电解质有电磁感应效应，采用它的正极可产生更高电压；1997年，他发现磷酸铁锂晶体结构更稳定、寿命更长、充电更快。古迪纳夫对电池的研究，保持着极大的热情，“锂离子电池之父”当之无愧。

当初研究生入学时，一位教授对他冷嘲热讽道：“真不明白你们这些退伍军人，难道不知道但凡在物理上做出点名堂的，在你们这个年纪早做出来了，你现在才想着开始啊。”科技行业也存在年龄歧视，但54岁跨进新领域，成果丰硕的古迪纳夫结结实实地打了偏见者一巴掌。

新的开始

锂电池的潜力远远超出了发明者的想象。起初古迪纳夫研究时，根本不知道电池会被怎么使用，更不知道会有电脑、手机这些东西。他仅仅是出于好奇心和责任感，希望能真正解决能源与环境问题。显然，如今它们依然是世界面临的两大重大课题。他常对学生说“要做人类需要的而非想要的事业”，他这一生都在践行这句话。

92岁时，早已是荣誉等身的古迪纳夫依然丝毫没有休息的打算。当亲人、学生担心他的身体扛不住时，他爽朗地笑起来：“我才92岁，我的人生长着呢！”

这时，他已经开始筹划往新的方向进行研究。

2017年，古迪纳夫公布了团队研究新进展，他们研究出了能量密度和安全系数更高的固态电池。目前他们正计划与电池厂商合作，开发测试新电池。古迪纳夫并不在乎潜在的巨大经济利益，他想的只是解决问题。

2019年，古迪纳夫已经97岁了，业界对这位老前辈依然抱有信心。因为他的思维仍然活跃，思想还在突破。如今，他每周到学校工作五天，每天早上8点前就到实验室，周六还要在家工作一天。古迪纳夫的这股子精神劲儿，给了不少科研人力量。同一年一起获诺奖、78岁的斯坦利·惠廷厄姆打趣说，有古迪纳夫在，他觉得自己还是个年轻人。

2018年，古迪纳夫说：我再干几年，把这一批博士生带到毕业。熟悉他的学生觉得等到那时候，他身体允许的话，肯定又会说再干几年吧。毕竟，对于古迪纳夫来说，97岁还年轻着呢！

伟大的居里夫人

在自然科学的伟人录里，有这样一位巾帼不让须眉的女性，以自己顽强的好学精神与惊人的毅力，为原子能时代的来临铺平了道路。她就是波兰著名物理学家居里夫人。

顽强求学的玛丽

居里夫人原名叫玛丽·斯克洛道夫斯卡，1867 年 11 月 7 日出生在俄国统治下的波兰首都华沙。父亲是个中学教员，母亲早逝。她从小过着贫困的生活。

玛丽在 16 岁中学毕业时获得了金质奖章。可是，当时波兰的大学不招收女学生，要上大学，只能到国外去。于是，玛丽先到乡村去当家庭教师，积攒一些钱，为以后出国求学做准备。

1891 年，玛丽终于来到法国巴黎。她白天不是在大学上课，就是在实验室里工作。每天，她是最早进实验室的人，也是最后出来的人。

傍晚，她总是出现在大学的图书馆里，一直到图书馆闭馆才离开。晚上，她宿舍的灯光常常是亮到深夜。第二天，她又早早起来去学校。她从不参加娱乐活动，大家都抱怨她逃避同学的聚会，甚至叫她“苦行僧”“怪人”。玛丽对此只是宽容地一笑。

这时期，她的生活十分清苦。每月虽然能得到父亲一百法郎左右的汇款，但交了学费后，剩下的钱维持最低生活也往往困难。

有一次，她在实验中突然晕倒了。同学们七手八脚地把她送回宿舍，并请来了医生。医生说，她是饿晕的……同学们翻遍了她的宿舍，发现除了一包茶叶，竟再也没有任何可吃的食物！

大家被玛丽这种顽强求学的精神深深感动，从此，再没有人叫她“怪人”或“苦行僧”了。在这样困难的生活条件下，玛丽门门功课仍然名列前茅。

攀登科学高峰的居里夫人

入读巴黎大学两年后，她就取得了物理学硕士学位；仅仅过了一年，她又获得数学硕士学位。

毕业之后，玛丽在独立从事研究工作时，认识了另一位青年物理学家皮埃尔·居里。志趣上的一致，性格上的相投使他们工作上互相帮助，生活上互相关心，逐渐产生了真挚的爱情。1895 年夏天，这对志同道合的物理学家结成了夫妻。从此，他们俩一同踏上了攀登科学高峰的艰难征途。

居里夫妇在一间只能算是小窝棚的工作室里，开始了他们的实验。两个伟大的头脑，四只勤奋的手，使研究工作以加倍的速度进行着。夫妇两人先后发现了钋和镭两种放射性极强的化学元素。居里夫人两次获得了诺贝尔奖。

1911 年的诺贝尔奖是由居里夫人一人获得的，因为她的丈夫，与她一起并肩作战的皮埃尔·居里已经离开了人世，他在 1906 年一次悲剧性的车祸中去世了。丈夫的去世对居里夫人是个沉重的打击，但并没有动摇她为科学奋斗的坚定意志。居里夫人以惊人的毅力继续在科学领域中从事着丈夫未竟的事业。

居里夫人从来不考虑个人得失，她时刻想的是科学的召唤和人类的幸福。她发现的镭，成了治疗癌症的“神药”，许多资本家给居里夫人写信，愿以很高的代价购买生产镭的专利权。

但居里夫人拒绝了，她说，镭不应该使任何人发财，镭是化学元素，应该属于全人类。而她自己却因长期从事放射性元素的研究工作，患上了白血病。1934 年 7 月 4 日，居里夫人为科学献出了她宝贵的生命。

送鲜牛奶的诺贝尔奖得主

柏林街头的送奶工

清晨，德国柏林郊区的斯提立兹大街上，一辆马车急驶而过。已是深冬时节，寒风阵阵吹来，刺得面颊生痛，好似小刀子割肉一般；拉车的马喘着粗气，团团白雾从马鼻子里喷出。

赶马车的人 50 来岁，多少年来他一直为这一带的居民送鲜牛奶，无论春夏秋冬，无论刮风下雪，都

准时不误。

人们早已熟悉了这位送奶人，他再平凡不过了。和其他牧场经营者一样，他养了许多牛，把牛奶送给居民喝。但是在这条大街上居住的德国著名女画家芙丽莎·班诺却知道这位送奶人有些不一般的来历。好几个早晨，她都等在客厅里，只要听见送奶马车的声音，就急忙打开房门，请送奶人进家里坐一小会儿，但是送奶人总是以不能耽误送奶为由而加以拒绝。

又是一天清晨，班诺一听见马蹄声便冲了出去，上前一把拉住送奶人的衣袖，她要为送奶人画一张素

描像。送奶人仍然婉言谢绝，说道："很多人都在等着吃早餐，牛奶要按时送到，等送完奶，我一定满足你的要求。"

女画家心里明白，这只不过是送奶人的脱身之计。她再也不想"上当"了。她拉住送奶人的衣袖不松手："您不要再'骗'我了，我

知道您是个实验迷，一送完奶就一头钻进化学实验室，谁也甭想把您拉出来。这次您一定得让我画一张像。亲爱的教授，请把您宝贵的时间分给我几分钟吧。”

送奶人？对，他还是教授。这一会儿他只好停止送奶工作，让女画家画了一张人物素描像。

第二天一早，当人们打开报纸的时候，一行引人注目的标题映入眼帘——范特霍夫荣获首届诺贝尔化学奖，报纸还以整个版面刊登了获奖情况以及女画家为他画的素描像。人们吃惊地看着这幅肖像画，原来那个每天早上驾车为大家送奶的人竟是著名的化学家，而且还获得了首届诺贝尔奖！大家继而兴奋起来，相互转告，最终，送鲜奶的范特霍夫和化学家范特霍夫被人们合并传成了“牧场化学家”。

溜进实验室的“化学迷”

雅可比·亨利克·范特霍夫 1852 年 8 月 30 日出生于荷兰的鹿特丹市，父亲是当地一位有名的医生。范特霍夫在家里 7 个孩子中排行老三。

上中学时，他看到在实验室中做的各种变幻无穷的化学实验，觉得非常有趣，因此总想知道其中的奥秘。看别人做，太不过瘾了，能自己动手那该多好呀。

一天，范特霍夫从化学实验室外的窗子前走过，他忍不住往里面看了一眼，那整整齐齐排列的实验器皿、一瓶瓶化学试剂多么诱人。他的双脚不由自主地停了下来。“要能进去做个实验多好啊。”突然，他发现一扇窗子开着，大概是做实验时为了通风开的吧。小范特霍夫犹豫了片刻，便纵身跳上窗台，钻到实验室里去了。他支起铁架台，把玻璃器皿架在上面，便开始寻找试剂。他全神贯注地看着那些药品所引起的反应，一切都在顺利地进行着。发自内心的喜悦使他的脸上露出了笑容。“我成功了，成功了！”他默默地说道。

实验室内的响动，引起了老师的注意，谁在实验室里呢？老师从窗口望去，好家伙，范特霍夫正在那儿专心致志地做实验呢。这太危险了！要知道这是校规所不允许的。

“快把实验停下来！谁叫你来做实验的？”老师严肃地盯着范特霍夫，这是重大的事件。“快，赶快把一切用品都放到原来的地方。”老师一边命令范特霍夫，一边自己也动起手来。

一切收拾停当，老师把范特霍夫叫到面前，语重心长地说：“你知道今天犯了什么错误吗？这件事是要报告给校长的，那是要受处分的。再说，出了危险你的父母也要责备学校的。赶快回家，把你的父亲找来，我要对他说明这件事。”

范特霍夫的父亲为儿子的行为感到尴尬和恼怒，虽然他知道儿子出发点是为了求得知识，但是擅自妄为、违反学校的规定是不能容忍的。幸好，这位老师念及范特霍夫平时是一个勤奋好学又尊重老师的学生，也就没有向校长报告。

范特霍夫的父亲从这件事中得知儿子很喜欢化学，就从家里让出一间房子作为实验室，专门供儿子做化学实验。从此，范特霍夫就开始“经营”自己的小实验室。他把父母给的零用钱和从其他亲友那里得到的“赞助”都用来购买各种实验器具和药品，利用课外时间从事自己的化学实验。谁曾想到少年时代的这种爱好，注定了后来范特霍夫成为卓越化学家的命运。

立志投身化学研究

1869 年，范特霍夫从鹿特丹五年制中学毕业了。选择什么样的职业呢？在当时，化学作为一门学问已有很多人在进行研究，但是人们普遍认为化学不是一种职业，从事化学的人，还要兼做其他工作才能够维持自己的生活。父亲只是为了让他多增加一些知识，才支持他做化学实验。要把化学作为一种职业，做一个化学家，父亲就难以接受了。因为这样做恐怕连自己的生活都维持不了。为此，父子俩争辩了多次，但是必须有一个结论才行呀。一天晚饭过后，父子俩又开始讨论这个老话题了。

“中学毕业了，你打算上哪个学校？”父亲心平气和地问道。当然，选择学校也就意味着选择职业了。

“我适合学习化学，爸爸，您说对吗？”儿子说出了心里话。

父母并不想让他成为一个化学家，而想把他培养成一名工程师。几经周折，范特霍夫进入了荷兰的台夫特工业专科学校学习。这个学校虽然是专门学习工艺技术的，但讲授化学课的奥德曼却是一个很有水平的教授。范特霍夫在奥德曼教授的指导下进步很快。范特霍夫由于努力，仅用了 2 年时间就学完了一般人 3 年才能学完的课程。1871 年，范特霍夫毕业了，他终于说服了父母，可以全力进行化学研究了。

为了打好基础，找准研究的方向，范特霍夫只身来到德国的波恩，拜当时世界著名的有机化学家佛莱德·凯库勒为师。佛莱德·凯库勒是个传奇的化学家，他在梦中见蛇在狂舞，首尾相接，从而解决了苯环的结构。在波恩期间，范特霍夫在有机化学方面受到了良好的训练。随后，他又前往法国巴黎向医学化学家武兹请教。1874 年，范特霍夫回到荷兰，在乌特勒支大学获得博士学位。从此他就开始了更深入的研究工作。

范特霍夫首先提出了碳的四面体结构学说。过去的有机结构理论认为有机分子中的原子都处在一个平面内，这与很多现象是矛盾的。范特霍夫的理论纠正了过去的错误。在投身化学研究之余，为了兼顾自家牧场的运营，范特霍夫坚持亲自为订奶的客户送鲜牛奶，本文开头生动的一幕正是这位化学家的真实经历。

1901 年 12 月 10 日，对于范特霍夫来说是一个值得纪念的日子，对于人类也是一个值得纪念的日子，这一天，首次颁发诺贝尔奖，范特霍夫是第一位诺贝尔化学奖的获奖者。非常有趣的是，范特霍夫创立的碳的四面体结构学说并不是获奖原因，而是他的另外两篇著名论文《化学动力学研究》和《气体体系或稀溶液中的化学平衡》使他获得首届诺贝尔化学奖。

1911 年 3 月 11 日，范特霍夫这位传奇的“送鲜牛奶的诺贝尔化学奖获得者”在留下宝贵的科学财富后，于柏林附近的斯特利茨逝世，终年 59 岁。

从差等生到诺贝尔奖得主

作为一个老师眼中的最差学生，似乎没什么光明前途。但是，经过多年坚持和努力，却成了诺贝尔奖的获得者。他就是英国科学家约翰·格登，凭借在克隆和干细胞疗法方面的杰出成就，荣获 2012 年诺贝尔生理学或医学奖。

老师曾失望：教他浪费时间

英国科学家约翰·格登曾获得了两份最重要的个人评价报告，但内容截然不同。

最近的一份报告是，它闪着“金光”，上面印有“诺贝尔”几个大字，人们尊称格登为“克隆和干细胞疗法的教父”。

但是，在许多年前，格登得到的另一份报告却黯然无光——这是一份评定格登为差生的报告。

格登生于 1933 年，15 岁时就读于英国贵族学校伊顿公学。格登从小就对生物学情有独钟。但是，他的生物课成绩在 250 个男学生里面排名倒数第一，其他理科成绩也垫底。

对格登，男教师加德姆写了一份报告称，“我相信他（格登）有成为科学家的志向，但以他现在的表现来看，这真是万分的荒谬可笑”。这位男教师还称，格登“无法明白最简单的生物学事实”，继续教他“简直是浪费彼此的时间”。

对于这份差生评价报告，格登多年以后仍记忆犹新。“老师对我的评语大概是说，我是他见过的生物课学得最差的学生。”2006 年，格登在接受媒体采访时如此自嘲。

当格登从伊顿公学毕业，申请牛津大学时，由于成绩不佳，他被古典文学研究系录取。“招生主任找到我，跟我说，牛津可以录取你，不过有两个条件：第一，你必须马上来上学；第二，你不要学习入学考试的科目。”格登说。

兴趣成就“克隆教父”

但是，格登仍然对生物学情有独钟，他后来转入动物学系，正式开始科研生涯。格登曾称，尽管成绩不好，但自小便被生物学深深吸引，甚至在学校养过上千只毛毛虫，看着它们变成飞蛾或蝴蝶，这在当时让老师们很讨厌。兴趣，而不是成绩的指引，最终让格登在生物学领域“化茧成蝶”。

1958 年，在完成博士学位时，格登从蝌蚪细胞提取出完整细胞核，成功克隆了一只青蛙，一举成名，他被称为“克隆教父”。

在牛津读完博士后，格登又在加州理工学院完成博士后研究。从 1971 年开始，格登一直在剑桥大学工作。2012 年，79 岁的他仍坚持全职工作。

在被通知获得诺贝尔奖时，格登还在实验室做研究。一名英国记者曾试图采访格登，但他的实验室工作人员答复：“格登正在工作，请不要打扰他。”

在格登剑桥大学的办公室里，至今仍挂着 60 多年前的那份“差生报告”。“当遇到麻烦，比如实验不成功，我就看看这个报告，提醒自己也许不擅长这个工作。但我要努力，否则真的被老师说中了。”格登说。

从小技术员到诺贝尔奖得主

凭借发明高亮度蓝色发光二极管，日裔美籍科学家中村修二获得了2014年诺贝尔物理学奖。从一个饱受嘲讽的小技术员，到一举成为名闻天下的“蓝光之父”，中村修二说：“不屈是我全部的动因。”

1979年，中村修二从日本德岛大学电子工程系毕业，进入日亚化工德岛分公司做了一名小技术员。在那里，他不但没有受到重用，反而常常遭到嘲讽。

当时，这家公司主要生产各种荧光粉，对于占领科技前沿，公司老板并不重视。当中村修二提出研发高亮度蓝色发光二极管的时候，老板不仅没有支持，反而指责他好高骛远，不务正业，并出言不逊：“我们公司不养吃白饭的，要干你就干好公司安排的事情，不愿干赶紧走人！”

中村修二决定靠个人的努力，独立完成蓝色发光二极管的研发课题。当时，在蓝色发光二极管的研究领域，多数人采用氧化锌和硒化锌作为发光材料。经过反复比对，中村修二另辟蹊径，选择了另一种材料——氮化镓。但是氮化镓这个新材料在研究领域并不被看好，况且氮化镓的结晶技术，对于电子工程专业的中村而言，需要从零学起。

不服输的中村决定拼一把。他向日亚公司提出了赴美留学的申请，但他的要求遭到了拒绝，因为他不过是个小技术员，并且没有发表过一篇相关领域的论文。在公司高层的眼里，这个好高骛远的年轻人根本没有资格外派深造。

失望过后，中村只好选择了自费留学，他来到美国加州大学刻苦攻读，如饥似渴地学习，补上了欠缺的专业知识。

一年后，中村返回日亚公司，却被兜头泼了盆冷水：老板要求他放下蓝色发光二极管的研究，改做电子元件。自此，他的研究工作不得不转入“地下”。他上班完成本职工作，下班之后，一头钻进自家的地下室做实验，经常通宵达旦，废寝忘食。

功夫不负苦心人。经过无数次的实验，1993 年 11 月，中村修二终于研发出了世界上第一束人造蓝光。当看到梦幻般的瑰丽蓝光闪烁，中村修二长吁了一口气，他的努力终于得到了回报。

中村修二的研究论文和产品样品面世之后，日亚公司的老板才发现这个小技术员并非好高骛远，而是凭着一己之力，创造了一项伟大的发明。老板迅速以企业的名义申请了专利。中村修二的蓝色发光二极管，让日亚公司成为全球最大的LED灯制造商。

中村修二成功了，沉寂多年的他一飞冲天，被美国加利福尼亚大学圣塔芭芭拉分校聘为终身教授。同时，他的发明被广泛应用到显示屏、汽车、医药、园艺等各个方面，在节约能源、减少碳排放，保护环境上取得了显著的社会效益。2014年10月7日，中村修二因为这项意义非凡的发明，与另两位科学家一起被授予2014年诺贝尔物理学奖，并被瑞典皇家学院喻为“21世纪的爱迪生”。

面对嘲讽和不公，中村修二不但没有消沉，反而被激发起了顽强的斗志。因为他相信，只要咬定青山不放松，做足功课，不屈不挠，一步一个脚印，就一定会有成功的机会。他用不屈的意志点燃了瑰丽的蓝光，成为伟大的发明家。

立志拿诺贝尔奖的爱国科学家杨振宁

杨振宁到底有多厉害?

杨振宁是享誉世界的华人科学家。他在1956提出宇称不守恒定律，次年即获得诺贝尔奖，他与李政道成为最早的华人诺贝尔奖得主。很多人以为获诺贝尔奖是杨振宁一生最大成就，实际上他拥有13项“诺贝尔奖级别”的成果，1957年的获奖只是他早期的一个“次等成就”，并不是他所有成果中最突出的一项。

简单地说，他是有史以来排名前15的物理学家，是继爱因斯坦和狄拉克之后，20世纪物理学最卓越的设计师（弗里曼·戴森语）。他是华人骄子中的骄子。就连全世界鼎鼎有名的科学家爱因斯坦在世时，每每与他的学生讨论到中子与核子的许多科学问题时，都常悄悄地笑着说：“让那个姓杨的中国小博士，也来动动脑筋，他的想法有时比你我还清楚。”

在杨振宁获得诺贝尔奖之后60多年里，有7个诺奖得主是因找到杨振宁的“杨－米尔斯规范场论”预测的粒子而获奖，丁肇中、希格斯就是如此。杨振宁的徒子徒孙几乎垄断了60多年来的诺奖物理奖的理论物理和粒子物理部分，另外有6个菲尔兹奖（最高数学奖）是通过研究杨振宁的方程而获得的。

关于杨振宁，有着太多太多的故事。他在科学领域的学术成就令人高山仰止，被誉为“当今健在的最伟大的物理学家”。

儿时即立下诺贝尔奖梦想

杨振宁，1922年出生于安徽合肥。根据他后来的回忆：合肥那时候是一个很破旧的城市。头6年在合肥的生活，只依稀记得很少的一些情景。印象最深的是那时军阀混战，常常打到合肥来。老百姓常常要“跑反”，跑到乡下或医院里躲避……那时杨振宁一直和母亲在合肥居住。4岁的时候，母亲开始教他认“方块字”，花了一年多的时间，一共教了3000个字。后来，杨振宁说：“现在我所有认得的字加起来，估计不超过那个数目的两倍。”

1929年秋天，杨振宁举家迁到当时的北平，住了

8年。在“卢沟桥事变”发生后，杨振宁又回到合肥居住。1937年9月，杨振宁进入合肥大书院的庐州中学（原安徽省立第六中学）继续高二年级的学业。开学不久，日本侵略军的飞机对合肥进行轰炸，这段特别的经历让杨振宁终生难忘。

1938年初，杨振宁到了昆明。他在念完高中二年级以后，就少念了一年，以同等学力参加统一考试，考进了西南联大。

在西南联大，流传着这样一件趣事。中学时代，杨振宁的数学特别好。尚是青少年的他曾认真地对父亲说：“爸爸，我长大了要争取拿到诺贝尔奖！”“好好学吧。”父亲对他充满希望。对话传开后，人们戏言猜测：“为什么不子承父业攻读数学而学物理？哦，因为数学没有诺贝尔奖！”

数学家的儿子，华人顶尖天才

杨振宁从小资质过人，喜欢不断超越。他年轻时就立志要成为一个出类拔萃的人。他的父亲杨武之是数学家，是中国第一位因数论研究获得博士的学者。著名数学家华罗庚就出自他的门下。受父亲的引导，杨振宁从小热爱数学，为之后走上科学道路打下了坚实基础。

杨振宁青年时期开始喜爱物理，而且想成为一个实验物理学家。1945年杨振宁赴美国留学时，就立志要写一篇实验物理论文。然而，在实验室工作的近20个月中，杨振宁的物理实验进行得非常不顺利，做实验时常常发生爆炸，以至于当时实验室里流传着这样一句笑话：哪里有爆炸，哪里就有杨振宁。此时，杨振宁不得不痛苦地承认，自己的动手能力确实比别人差！

一天，一直在关注着杨振宁，被誉为美国氢弹之父的泰勒博士关切地问杨振宁："你做的实验是不是不大成功？"

"是的。"面对令人尊敬的前辈，杨振宁诚恳地说。

"我认为你不必坚持一定要写一篇实验论文，你已经写了一篇理论论文，我建议你把它充实一下作为博士论文，我可以做你的导师。"泰勒直率地对杨振宁说。

杨振宁听了泰勒的话，心情十分复杂。他想起自己上小学时的一件事。有一次上手工课，杨振宁兴致勃勃地捏制了一只鸡，拿回家给爸爸妈妈看，爸妈看了笑着说："很好，很好。捏的是一段藕吧？"往事一件接一件地在他的脑海浮现，他不得不承认，自己的动手能力实在不强。

最终，杨振宁接受了泰勒教授的建议，放弃写实验论文。从此，他毅然把主攻方向转至理论物理研究并取得举世瞩目的重大突破，在他35岁的时候就摘取了诺贝尔物理学奖，而这只是他在科学领域里众多耀眼成就中的一个……

杨振宁，闪耀世界的爱国科学家

事实上杨振宁以其卓越的贡献足以称得上当代的牛顿和爱因斯坦。杨振宁是世界多个国家的科学院院士，其中包括美、中、俄三个国家，还是韩国科学院名誉院长；获得的荣誉奖章奖项不计其数，科学界重要奖项全部被他收入囊中。

同时，杨振宁也一直心向着祖国，为中国做出了很多贡献：杨振宁早在1971年就回国讲学，是中美关系解冻后第一位来华访学的知名华裔科学家，为中美人民的相互了解做出了巨大贡献。

1977年，为了中美关系正常化，他自费8000美元在《纽约时报》上刊登全页广告启事“致美国卡特总统公开信”，全文用英文发表，旁边加了八个中文字："亡羊补牢，犹未为晚。"

1983年12月28日，他向邓小平建言："国外认为，搞软件15~18岁较有利。"由此，中国科技大学少年班设立了计算机软件专业。

1997年，在杨振宁建议下，清华大学决定根据普林斯顿高等研究院的经验，成立清华大学高等研究中心。杨振宁把在清华的工资都捐了出来，用于引进人才和培养学生。正是由于他的存在，清华的物理成了中国离世界顶尖大学水平最近的学科之一……

2003年底，杨振宁回北京定居。清华大学盖了三幢"大师邸"，一幢给杨振宁，一幢给姚期志，一幢给林家翘，姚和林都是杨振宁劝回来的。多年来，杨振宁一直以物理学界第一人身份，为中国请回了很多科学家，为国内的科学家们拓宽了视野，大大缩短了中国与世界科技前沿之间的距离。

2017年，杨振宁正式放弃美国国籍，加入中国国籍。

在2000年的时候，英国《自然》杂志评选了人类过去千年以来最伟大的物理学家，全人类总共只有20多人上榜，杨振宁先生在这个评选中名列18位，并且他还是这个榜单里唯一一个仍健在的物理学家。

与他一同登上这个榜单的其他人都是已作古的超级科学家，包括牛顿、爱因斯坦、麦克斯韦、薛定谔、波尔、海森堡……可以说，杨振宁是当今世界上受之无愧的最伟大的物理学家，是中华民族的骄傲！

附录

儿童核心素养培育模型

这是我结合多年的早期教育、儿童素质教育研究与实践经验，提炼出的一个儿童核心素养培育模型。它旨在为家长形象地展示孩子在成长过程中不同阶段所需要培养的重点。所谓核心素养，就是儿童应具备的适应其终身发展所需要的必备品格、素质和关键能力。2015 年全球教育创新峰会指出："核心素养是儿童应对未来一切挑战的内动力。"

在这个模型中，展现了家长应重点关注及培养的四个方面。

第一个是孩子需要拥有健康的体魄，0 ~ 7 岁是儿童身体全面发展的黄金期。

第二个是孩子的精神发育系统，它包括良好的习惯和性格，远大的梦想和高尚的德行。习惯和性格仿佛人的两条腿，健康的人格有赖于这两条腿的支撑；一个人的生命能走多远、走多久，也有赖于这两条腿的力量。3 ~ 7 岁是培养习惯的黄金期，7 ~ 9 岁是习惯形成的关键期；7 ~ 9 岁是培养性格的黄金期，9 ~ 13 岁是性格形成的关键期。梦想是发动机，是孩子前进的内动力。一个拥有远大梦想的孩子，无须外力刺激和推动，他都会自我激励、奋发向上。9 ~ 13 岁是播种梦想的黄金期，13 ~ 18 岁是梦想定型的关键期，在孩子心中适时地播下梦想的种子，是家庭教育的重要使命。高尚的德行是生命质量的营养剂，是人生走向的灯塔。缺了它，优秀的人才容易误入歧途；没有它，再努力拼搏的人也可能无法领悟到生命的意义，体验不到真正的幸福人生。9 ~ 13 岁是孩子德行培养的黄金期，13 ~ 18 岁是孩子德行定型的关键期。家庭教育的责任就是，在每一个阶段，把握教育重点，适时地提供支持和引导，帮助孩子发展良好的精神系统，让他得以顺利地成长为一个拥有健康精神品质的人。

第三个是孩子高效运转的智力系统，也就是良好的智商。它是指孩子的大脑在吸收信息、储存信息、处理信息和输出信息这四个关键环节中拥有出色的表现。要达到这一要求，智力结构中的注意力、记忆力、思维力和语言力就必须获得充分培育。拥有良好的注意力，大脑才能将身体五感接触到的信息完整、准确地吸收；出色的记忆力可以帮助大脑将接收到的信息保存得更久；高效的思维力可以让孩子在接收到指令后及时理解、分析、判断并快速做出反应，甚至举一反三；优秀的语言力可以帮助孩子将大脑里处理好的信息清晰地表达出来，让受众获得满意的答案。拥有高效运转的智力系统，孩子在学习中将更轻松、更自信。0 ~ 3 岁是智力系统开发的黄金期，3 ~ 9 岁是智力系统开发的关键期，9 岁后大脑结构趋于完善，智力系统可提升的空间很小。

第四个是优秀的情商。如本书开篇所述，情商由四个自低到高、由简单到复杂的层次组成。第一个层次是情绪的自控，第二个层次是人际交往中的情绪管理，第三个层次是团队协作中的情绪调控，第四个层次是领导与沟通协调时的情绪影响力。优秀的情商系统有赖于后天的培养，3 ~ 7 岁是情商培育的黄金期，7 ~ 13 岁是情商培育的关键期。

智力系统和情商系统犹如一对翅膀，孩子在其人生的空间里能飞多高、飞多远，有赖于这两个翅膀的力量有多强大。

健康的身体系统、良好的精神系统、高效的智力系统、优秀的情商系统，构成了儿童核心素养教育模型的完整内涵。也就是说，要培育一个综合素质优秀的人，就必须在这四个方面提供充足的养分、给予全面成长的机会。

借本书出版的机会把我创建的这个“儿童核心素养培育模型”介绍给广大家长朋友，让大家清晰地认识到如何在家庭教育过程中有的放矢、循序渐进地把孩子培养成为全面发展的独立生命体，希望对大家的家庭教育有所帮助。

陈初友

2020 年 4 月

致谢

本书是在一个特殊时期完成的。为了配合新冠肺炎疫情防控工作，我和孩子们都闷在家里长达数月。在无法外出工作的情况下，我萌生了编写本书的念头，且因无工作任务缠身，查阅资料、思考和编写的时间充足，故而得以顺利完稿。

在编写过程中，新冠肺炎疫情仍在世界各地肆虐，夺去了十几万人的生命。因为疫情的原因，距离我们回到工作岗位似乎还很遥远。在疫情传播和事业停滞的双重压力下，要保持平和心态完成本书的编写殊为不易。在此特别感谢我的家人们，我贤惠的太太何鑫淼女士在此书编写过程中不仅出谋划策，而且很多时候主动承担了陪伴孩子的责任，让我得以集中时间和精力来“码字”。还要感谢我的孩子们，他们在这个假期里都在快速地成长，而且正是因为有他们这样的小听众，让我有了不断搜集、筛选高品质故事的动力。

感谢我的硕士研究生导师、北京大学公共传播与社会发展研究中心主任师曾志教授为本书作序。

本书能够顺利完稿付印，还要感谢我们心子教育的全体小伙伴们。在机构停摆期间，大家相互勉励，所有人都保持着积极学习的状态，都在为疫情结束后可以更好地投入工作做准备，都希望在以后的日子里可以用更专业的教学和更贴心的服务，来回报学生及家长的信任。这让我倍受感动的同时，也让我有了更多为广大家长带来优质家庭教育和提供精神食粮的动力。

要感谢的还有很多，我想最好的答谢与感恩，就是将这本书印出来，让更多的家长阅读、让更多的孩子受益。

陈初友

2020 年 4 月